근대의 심상

문학이 미술에 머물던 시대

강
정
화

yeon
doo

차례

프롤로그

 반갑습니다. 그리고 또 정말 반갑습니다.

 진심을 강조하는 데 있어 반복하는 것만큼 좋은 방법이 있을까요. 반가운 마음을 이렇게 표현해봅니다. 우리 근대 문학과 미술을 이야기할 수 있는 자리를 마련하고 싶었습니다. 제가 아는 재미있는 이야기들을 함께 나누고 싶어서입니다.

 문학을 공부하는 대학생이었을 때 졸업하기 위해 복수 전공이니 심화 전공이니 하는, 학점을 채우기 위한 뭔가를 선택해야 했습니다. 그때 무턱대고 찾아간 곳이 미술학부였습니다. 문학을 공부하며 미술을 함께하고 싶다는 생각을 계속했기 때문입니다. 글과 그림을 함께하고 싶다는 큰 포부를 안고 찾아갔지만, 한 학기를 겨우 버티고 그만둬야 했습니다. 어찌 보면 당연한 결과였습니다. 기초 실력이 없는 와중에 졸업 작품까지 만들어야 했기 때문입니다. 제 능력 밖의 일이었죠.

 그래도 문학과 미술을 함께하고 싶었기에 이론으로 방향을 틀고 대학원에 진학했습니다. 사실 이 공부를 왜 그렇게까지 하고 싶은지에 대한 정확한 이유는 지금도 알 수 없습니다. 그저 좋아서 공부한다는 말 외에는, 문학과 미술을 함께 다루는 이유를 논리적으로 풀어내지 못하고 있습니다. 어쩌면 이 질문에 대한 답을 내기 위해 이렇게 글을 쓰고 공부를 하는 것인지도 모르겠습니다.

　그렇게 좋아하는 공부에 몰두하고 한 방향으로 파다보니 운 좋게도 문학과 미술에 대한 강의도 하고 문학사를 다루며 미술사도 함께 이야기할 수 있었습니다. 그런데 강의하다 보니 우리 문학과 미술이 가까운 사이였다는 사실을 아는 사람이 많지 않다는 것을 알았습니다. 마네와 졸라의 친분을 알고 보들레르의 미술비평문은 읽었지만, 정작 우리 근대 문학과 미술이 이들 못지않은 관계로 발전했다는 사실에 대해서는 잘 알지 못했습니다. 그래도 우리 근대 문학과 미술에 대해 알기 시작하면 대부분 흥미로워했습니다. 문학이나 미술 그 자체보다 둘을 함께 다룰 때 매력이 배가 되기 때문입니다. 이로써 하나의 결론에 이르렀습니다. 우리 문학과 미술을 함께 두고 볼 기회가 없었구나.

　그래서 이런 자리를 마련하고 싶었습니다. 우리 근대 문학과 미술이 서로 어떻게 인식하고 영향을 주고받았는지, 그 이야기가 얼마나 재미있는지 함께하고 싶었습니다. 이렇게 흥미로운 이야기를 과연 재미있게 풀어갈 수 있을까 하는 걱정이 드는 것도 사실입니다. 하지만 정말이지 매력이 많은 이야기이기에 분명 즐겁게 빠져들 수 있을 거라 믿습니다. 이제 그 출발점에 서려고 합니다. 지금부터 저와 보폭을 맞추며 부디 제가 느꼈던 즐거움을 누릴 수 있기를 간절히 바랍니다.

문학과 미술의 '친연성'

문학과 미술은 그 장르가 가진 친연성으로 같이 언급되기도 합니다. 글과 그림과 글씨가 하나라는 시서화 일체론이 대표조. 사람들은 종종 문학과 미술을 형제 예술이라고 부르며 둘을 연결합니다. 그런데 왜 그럴까요? 지금의 현실을 보자면 문학과 미술이 가까운 거리를 가진다고 하긴 어려운데 말입니다. 특히 학문으로써 문학과 미술은 그리 가깝게 지내지 않는 것 같습니다. 가장 전문적 교육이 이뤄지는 대학에서도 문학과 미술은 완전하게 다른 분과로 떨어져 있습니다. 유사 학문으로 여겨지지 않아 한 학부에 묶이지도 않습니다. 자주 들어왔던 문학과 미술의 친연성이지만, 두 장르가 어떤 점에서 친연성을 갖는지에 대해서는 깊게 생각할 기회가 없었습니다. 과연 글자와 그림이 어떤 점으로 연결됐다는 것일까요?

'문학과 미술', 더 자세히 말하면 '시와 회화'의 관계에 대한 최초 언급은 글과 그림이라는 형상이 생기기 시작했던 그 시점까지 거슬러 올라가게 됩니다. 예술이 예술로 처음 등장했던 그 시기부터 글과 그림이 함께 어우러졌던 것이죠. 고대 그리스 시인 시모니데스의 말을 통해서도 알 수 있습니다.

그림은 말 없는 시, 시는 말하는 그림이다.

어떤가요? 참 시적인 표현이죠? 명료한 사실보단 추상적 느낌이 강한 말입니다. 그럼에도 우리는 이 어구를 큰 거부감 없이 받아들이게 됩니다. 그러니까 이 문구가 도무지 이해할 수 없는 말은 아니라는 것입니다. 왜냐하면 시를 읽으면서 회화를 떠올리기도 하고 또 그림 안에서 시적 부분을 찾아내기도 하기 때문이죠. 물론 이렇게 본다면 모든 예술은 이런 연관성을 갖고 있을 것입니다. 예술은 모두 하나의 뿌리에서 시작됐다는 말이 있듯이 말입니다.

그런데도 문학과 미술이 유독 자주 언급되는 이유는 그 안에서 발생하는 '심상心象' 때문입니다. 자, 그럼 심상이라는 단어부터 살펴볼까요. 사전적 의미로만 본다면 마음속에 떠오르는 형상象을 뜻합니다. 그런데 심상이라는 말을 쉬운 말로 풀어내려니 '이미지'라는 단어를 사용하지 않을 수 없네요. 마음속에 떠오르는 이미지가 심상이라는 것입니다. 물론 그 이미지가 반드시 시각적인 것은 아닙니다. 손에 스치는 느낌, 코로 느껴지는 향기, 귀에 들리는 노래 등 다양한 감각으로 떠오르는 모든 것을 심상이라고 하죠. 우리가 글을 읽었을 때 느껴지는 이런 감각들을 하나의 형상으로 묶어 이미지가 떠오른다고 하는 것입니다.

그런데도 심상을 떠올렸을 때 시각적 이미지가 가장 먼저 떠오르는 것은 아마 청각이나 후각 등의 심상들이 시각적 이미지를 기반으로 형성되기 때문일 것입니다. 예를 들어 글에서 꽃의 향기가 느껴지게 하기 위해서는 꽃이라는 시각적 이미지가 선행돼야 하고, 고슴도치를 잘못 만졌을 때 느껴지는 따가움이 전달되기 위해서는 고슴도치라는 동물이 그려져야 합니다. 물론 모든 심상을 떠올리기 위해 시각적 이미지가 무조건 전제돼야 한다는 것은 아닙니다. 그럼에도 우리는 청각이나 촉각 등의 심상을 생동감 있게 활용하기 위해 시각적 이미지를 필요로 합니다.

생각해보면 참 신기합니다. 지금 읽는 이 글자도 사실 선과 면으로 이뤄진 검은 형체일 뿐이기 때문이죠. 동그랗거나 네모인, 그리고 짧게 죽죽 그어진 선들. 누구 말마따나 하얀 것은 종이요, 검은 것은 글자일 뿐인데 이 안에서 끝도 없는 이미지를 떠올릴 수 있다는 것이 참 신기하지 않나요?

어쨌든 이미지로 대표되는 그림이 문학과 친연성을 갖고 있다고 언급되는 이유는 이런 '심상'을 근저에 두기 때문입니다. 글은 글을 읽는 사람에게 상상의 여지를 주게 합니다. 또 그림을 그리는 것은 감상자에게 이야기를 만들게 하죠. 이렇듯 글과 그림은 심상이라는 특성을 매개로 아주 가까운 예술로 여겨왔습니다.

한자를 기본으로 하는 동양권에서는 시詩와 서書와 화畵를 하나로 여겨왔습니다. 한자는 사실 그림이잖아요. 형상을 갖고 만든 상형 문자인 한자이기에 글자를 쓴다는 것은 동시에 그림을 그리는 것을 의미하기도 합니다. 게다가 지금은 펜으로 쓰지만, 붓을 하나의 도구로 공유했던 그 시절에는 그림을 그리던 붓으로 시를 쓰기도 했습니다. 따라서 지금처럼 그림을 그리거나 글을 쓰는 행위를 선을 긋듯 구분하지 않았습니다.

그래서 문학을 하는 문인들과 그림을 그리는 화가들은 서로 무언의 끌림을 느꼈던 모양입니다. 아직 문학과 미술이 각각의 장르로 완벽한 독립을 이루기 이전, 그러니까 전통과 근대의 사이에 있던 문인과 화가들은 뭔가에 이끌린듯 함께 어우러졌습니다. 그림과 글을 함께 다루며 '근대'라는 새로운 세계로 진입했죠. 우리는 바로 이 시기의 문학과 미술에 주목하고자 합니다. 이런 작업은 포스트-모던 혹은 탈-모던이라는, '명명할 수 없는 시대'에 사는 우리가 '지금-여기'의 우리를 들여다보기 위해서라도 반드시 필요하다고 생각합니다. 어떻게 그 시기를 지나왔는지 말이에요. 아니 우리는 정말 그 근대라는 시기를 지나오기는 한 것일까요?

근대 미술의 시작

 '근대'라는 말을 정의하기 어려운 이유는 그것이 우리가 사는 현재와 맞닿아 있기 때문입니다. 한자도 '가까울 근近' 자를 써서 말로만 두고 본다면 '가까운 시대'를 뜻하기도 합니다. 개념 자체가 지금 우리가 사는 시대를 기준으로 삼고 있다는 것을 알 수 있습니다. 우리가 사는 지금-여기에서 가장 가까운 시대, 그 시대를 정의하려니 당연히 논란이 생길 수밖에 없습니다. 기준을 어떻게 잡느냐에 따라 그 기점은 올라가기도, 내려가기도 하기 때문입니다. 그래서 눈에 보이지도 않는 그 '기점'이라는 것은 지금도 계속 움직이고 있습니다.

 우리 미술이 언제 '근대'로 진입했는가에 대한 논의 역시 마찬가지입니다. 보통의 이야기를 먼저 해볼까요? 근대와 중세를 구분하는 데 있어 가장 중요하게 언급되는 것이 바로 '개인'의 발견입니다. 이전까지 시대가 개인이 없는 그 뭉치로서의 세계였다면, 근대에는 '개인'이라는 것이 역사에 등장합니다. 세계를 지배하는 신이나 그 어떤 위대한 영웅들에 의해 유지되는 세계가 아닌 사람 그 각자로서의 개인 말입니다. 전통적인 봉건 체계가 무너지고 시민 사회로의 진입을 근대로 보는 것이죠. 말은 간단하게 던졌지만, 사실 이 개인이 어떻게 발견됐는지 살펴보기 위해서는 엄청나게 많은 것을 고려해야 합니다. 정치, 경제, 철학, 기술 등 다양한 장르에서 말하는 '개인의 발견'은 제각기 다르기 때문입니다.

또 다른 기준도 있습니다. 바로 '기술'이죠. 어떤 분야든 그 흐름을 급격하게 전개하는 기술이 있죠. 이런 기술이 발견된 때를 기준으로 삼아 근대의 시작이라고 명명하기도 합니다. 기술의 발전을 근대의 기준으로 삼는 것은, 중세라고 여겨지는 16세기까지 올라갈 수도 있습니다. 세상을 발전시킨 기술이 발견된 시기를 근대로 볼 수 있다면 말이죠. 물론 개인이나 기술의 발견 등과 같은 조건은 따로 떨어트려 생각할 수 없습니다. 기술이 발전하면 상공업이 발전하게 되고 상공업이 발전하면 자본이 돌고 그것이 새로운 계급의 출현을 가능하게 하죠. 그리고 아마 이 계급은 이전까지는 없던, 그러니까 신이나 영웅과는 또 다른 계급일 것입니다. 여기서 앞서 언급했던 개인의 발견을 가능하게 하는 발판이 마련될 것입니다.

이외에도 국가의 탄생이나 자본주의의 시작 등을 근대의 기점으로 언급하기도 합니다. 이렇게 짧은 언급은 너무나 거칠어서 거칠다고 말하기도 민망한 수준입니다. 근대에 대한 논의는 각 학문의 각 분야에서 활발하게 이뤄져 그 다양한 논의를 다 검토하기도 어렵습니다. 그리고 이렇게 다양한 논의가 오가는 것은 아주 바람직한 현상입니다. 연구자 개개인의 기준과 근거가 뚜렷하다면 모두 하나의 기점설로 인정해줄 수 있어야 합니다. 성질이 다른 각 분야에 일정한 기준이 있다는 것이 더 이상한 일이니까요.

　다시 우리 미술로 돌아가겠습니다. 그럼 우리의 근대 미술은 언제 시작됐을까요? 먼저 개인의 발견을 미술과 연결해볼까요. 중세를 벗어난, 그리고 근대로 언급되기 시작하는 조선 시대를 떠올려보겠습니다. 조선 시대의 개인과 미술을 어떻게 연결할 수 있을까요? 아주 단순하게 접근해 키워드들을 엮어 이렇게 던져보겠습니다. '개인의 미술 활동'. 어떤가요. 이제 조금 더 명확해졌나요? 왕실에서 이뤄졌거나 양반들끼리 향유하는 예술을 '개인의 미술 활동'이라고 하긴 어렵겠죠. 특정 계층 사이에서 이뤄지는 예술 활동이 아닌 광범위한 계층, 그러니까 계급으로 따지자면 양반이나 왕족이 아닌 사람들의 예술 활동이 이뤄지는 때를 바로 근대의 시작으로 보는 기점설이 있습니다. 바로 영·정조 시대부터 근대 미술이 시작됐다는 기점설입니다.

　이때부터 서민의 예술이라고 불리는 민화가 유행했고 그것의 매매가 이뤄지기 시작했습니다. 어떤 주술적 의도가 아니라 개인의 미적 감각으로 예술품을 창작하고 판매하는 행위가 가능해졌다는 것입니다. 지배 계층만 향유하던 예술이 서민에게까지 내려온 시기를 근대의 시작으로 봐야 한다는 것이 이 주장의 핵심이라고 볼 수 있습니다. 물론 이는 주장일 뿐입니다. 근대의 기점을 논할 때 '기점설'은 있을 수 있어도 '기점론'은 있을 수 없기 때문입니다.

그런데 현재와 맞닿은 위치로 봤을 때 너무 과거로 간 경향이 있죠? 정말 그때를 '근대'의 시작으로 보는 것이 맞는가에 대한 의문이 생길 수 있습니다. 맞습니다. 모든 기점설에는 취약한 부분이 따르게 마련입니다. 어떤 조짐이 있었다고 해서 계급 위주로 세상이 돌아가며 중세에 가까웠던 당시를 진정 근대의 시점으로 말할 수 있는가에 대한 반박이 존재합니다. 그래서 그 다음으로 제시되는 시기가 바로 개화기입니다.

개화기가 근대의 기점으로 제시되는 이유는 쉽게 짐작할 수 있습니다. 개화開化라는 말 그대로 문명의 문이 열렸기 때문이죠. 그런데 사전의 뜻이 참 재미있습니다. 표준국어대사전에 의하면 '개화'란 새로운 사상, 문물, 제도 따위를 가지게 되는데 그것을 '사람의 지혜가 열'렸기 때문에 가능했다고 표현하고 있습니다. 그러니까 사람의 지혜가 열려 새로운 사상과 문물, 제도 등이 들어왔다는 것이죠. 어떤가요. 개화에 대한 긍정적 어감을 느끼실 수 있나요?

이 시기는 개화를 통해 '세계는 넓다'는 기본 명제를 알 수 있었던 시기이기도 합니다. 실제로 개화기를 지나며 우리의 삶이 많이 달라집니다. 우리 실생활의 눈에 띄는 변화를 포함해 말이죠. 하지만 이 기점설 역시 취약점이 있습니다. 우리 스스로 이룩한 것이 아닌 외부와의 교류를 근대라고 하는 것이 과연 적절한가에 대한 문제가 그것입니다.

서구의 '근대'라는 것이 역사적 필연성에 의해 진행됐다면, 우리의 근대를 무조건 '서구화'에 맞추는 것이 옳은 일인가에 대한 문제가 제기될 수 있습니다. 근대를 향한 움직임이 내부에서 이뤄졌느냐, 외부를 통해 도입됐느냐는 굉장히 예민하게 접근해야 하는 내용입니다. 의견에 따라서 개화기를 근대의 기점으로 잡는 것은 서구화의 그것과 발을 맞추는 것이기 때문에 '틀렸다'고도 할 수 있습니다. 우리 내부의 자생적 변화가 아닌 외부로부터의 변화를 어떻게 우리의 근대로 잡느냐는 것입니다. 하지만 이런 반론은 또 반론을 낳습니다. 변화가 있었던 사실을 어떻게 부정할 수 있겠냐는 의문이 바로 그것입니다. 사실 이 문제에서 반박하고 재반박하는 건 끝도 답도 없습니다. 그만큼 기준이 다양하기 때문이죠.

지금까지 몇 가지 기점설을 살펴봤습니다. 이것 말고도 굉장히 다양한 기점설이 존재합니다. 특정 사건이 있었던 연도를 언급하는 것은 물론이고 1920~1930년대의 변화상까지 올라오는 경우도 있습니다. 아니면 아예 우리에게 근대는 부재했다는 근대 부재설도 가능합니다. 마찬가지로 여전히 근대 속에 살고 있다는 주장도 가능합니다. 굉장히 다양한 논의가 가능한 것이죠. 그 처음을 영·정조 시대로 잡는다면 짧게는 몇십 년, 길게는 몇 백 년에 가까운 시간을 두고 근대 기점설이 제시되는 것입니다.

그럼 우리도 우리만의 기점을 설정해야겠습니다. 우리만의 이야기를 이어가기 위해 반드시 이뤄져야 할 단계이기도 하죠. 먼저 기점을 제시하기 전에 조건부터 이야기해야겠군요. 우리의 근대 미술은 혼자 이룩한 것이 아닙니다. 바로 문학과 함께였죠. 우리가 앞으로 다룰 이야기들이 "글과 그림은 하나였다."는 전제를 깔고 가기 때문입니다. 그런데 주의해야 할 점은 바로 앞 문장이 과거형이라는 것입니다. 글과 그림이 '하나였다'는 말, 바로 이것입니다. 과거에는 글과 그림이 하나였지만, 새로운 시대를 계기로 각각 하나의 장르로 독립하는 시기가 옵니다. 그 시기에 이르러 글과 그림은 떨어져 나와 각자를 조망하게 되죠. 바로 이 시기, 바로 이때를 우리는 근대로 설정하려고 합니다.

도대체 너무나 추상적인 말이죠. 서로를 조망하다니 어떤 의미인지 선뜻 다가오지 않을 것입니다. 글과 그림이 하나'였던' 시기를 지나기 위해서는 일단 우리 전통의 방식에서 벗어나야 합니다. 우리에게 글과 그림은 하나로 작용했습니다. 물론 글 없이 그림만 그리는 방식도 있었지만, 문인화文人畵의 대부분은 글과 그림을 함께 그려냈습니다. 이것이 문인화가 가진 전통의 방식이었던 것입니다. 그런데 우리에게 이 전통의 방식에서 벗어나는 것을 가능하게 하는 '사건'이 생깁니다. 바로 서양화의 도입입니다.

자, 그럼 지금부터 잠시 벼루와 묵과 붓을 떠올려보겠습니다. 붓으로 그림을 그릴 계획입니다. 다음으로 필요한 재료가 무엇일까요? 맞습니다. 종이입니다. 학교 다닐 때 벼루에 묵을 갈아 붓에 적셔 서예를 배웠던 기억이 새삼스럽네요. 그럼 종이는 어디에 둬야 할까요? 화선지는 물에 예민하고, 아주 얇습니다. 힘이 없기 때문에 세워둘 수 없습니다. 그래서 그림을 그릴 때 선조들은 바닥에 종이를 뒀습니다. 글을 쓸 때도 비슷합니다. 일단 재료가 비슷하기 때문에 그것을 진행하는 방식이 크게 다르지는 않았습니다.

하지만 서양화는 다릅니다. 재료부터가 다르지요. 여기서 잠깐 짚고 넘어가자면 동양화와 서양화를 나누는 기준도 '재료'의 차이에서 옵니다. 우리의 정서와 삶을 그려도 유화의 재료로 그려진 그림은 '서양화'라고 불렸습니다. 마찬가지로 아무리 전위적으로 새로운 뭔가를 그려도 묵을 바탕으로 그린 그림은 '동양화'가 됩니다. 조금 이상하죠? 그래서 최근에는 동양화와 서양화로 나누지 않고 순수회화와 아닌 것으로 구분하기도 합니다. 어쨌든 서양화는 우리가 전통적으로 그림을 그리는 방식과는 완전히 다릅니다. 묵이 아니라 물감을 사용합니다. 여기에 물을 섞어 수채화를 그리기도 하지만, 기름을 섞는 유화가 주된 방식으로 자리하고 있습니다. 그림도 종이가 아닌 캔버스에 그립니다. 우리의 종이와는 재질 차이가 있기에 이젤 위에 세워 그림을 그립니다. 그리고 그림을 그리는 도구 역시 그림을 그리기 위한 도구입니다. 글을 쓸 때는 그림 그릴 때 쓰는 붓을 사용하지 않습니다. 그래서 서양에서는 붓과 펜이 구분돼 있죠. 그림을 그리는 것과 글을 쓰는 것의 행위가 분리됐다는 것입니다.

글과 그림이 서로를 조망할 수 있게 된 계기를 서양화의 도입으로 본 이유가 이것입니다. 하나인 상태에서는 '서로'라는 개념이 있을 수 없습니다. 이것이 분리된 순간 '너와 나'라는 개념이 생기게 되는 것입니다. 반대로 생각하면 '서로'의 개념이 있을 수 있기에 비로소 자기 자신을 자각할 수 있기도 합니다. 타자를 통해 자아를 구성하는 것이죠. 이전까지 하나의 형태로 이뤄진 글과 그림이 각각 문학과 미술이라는 장르로 분화를 이루기 위해서는 서로 분리되는 '사건'이 필요했습니다. 전혀 다른 형태의 새로움을 가진 서양화가 도입되는 것이 바로 그 사건이 됩니다. 글과 그림은 떨어져 나가 서로를 조망하기 시작합니다. 이제 앞에 언급했던 '서로를 조망하기 시작한 시기'라는 말이 이해가 되죠? 글과 그림은 떨어져 나가 서로의 타자가 되기 시작한 이후부터 근대적 자아를 구성할 수 있게 됩니다.

1호 서양화가 고희동

　전통과는 완전하게 다른 방식으로의 미술이 새로움을 갖고 조선에 들어온 그때부터 우리의 문학과 미술은 서로를 조망하고 인식할 수 있게 됩니다. 이때부터 서로 한 걸음 떨어져 바라볼 수 있게 됐다는 것입니다. 그래서 서로 다른 재료와 방식을 통해 그려졌던 서양화의 도입 시기는 글과 그림이 분리되는 시발점이라고 할 수 있습니다. 때문에 서양화가 언제 도입됐는지, 그리고 그것을 우리가 어떻게 주체적으로 이끌어 갔는지에 대한 논의는 매우 중요합니다. 그때부터 우리의 문학과 미술에 근대성이 생겨났다고 할 수 있기 때문입니다.

　분명한 점은 서양화가 자생적으로 생긴 것은 아니라는 사실입니다. 재료와 기법 등이 외부로부터 들어온 것입니다. 이를 내부적 발전으로 볼 수는 없습니다. 그런데 서양인이 직접 들여오거나 그들이 조선에 와서 그린 그림들은 제외하겠습니다. 서양화 기법으로 고종의 어진을 그렸던 네덜란드 태생 미국인 화가 휴버트 보스[Hubert Vos]의 그림도 존재하지만, 그는 조선을 배경으로 한 그림을 그린 서양인이기에 그로부터 우리의 서양화가 시작됐다고 보기에는 어려움이 있습니다. 따라서 조선인 서양화가가 누구냐는 질문이 나오게 되는 것이죠. 바로 서양화가 1호 말입니다.

서양화가 1호라니 참 낯선 말입니다. 장르가 변화를 겪을 때 누군가는 최초의 이름을 달겠지만, 그것에 대한 논란은 늘 따라다닙니다. 칼로 종이를 자르듯 그 경계를 구획 지을 수 있는 일은 많지 않기 때문입니다. 문학사에도 최초의 누군가는 늘 존재했습니다. 최초의 자유시, 최초의 장편 소설, 최초의 무엇. 그런데 그것이 이전에 없던, 정말 새로운 등장으로서의 처음을 의미하지는 않습니다. 어디에나 '과도기'라는 것이 존재하기 때문이죠. 고전 소설과 근대 소설 사이에 신소설이 그러했고, 시조와 자유시 사이에 신체시가 그러했습니다. 또한 최초라는 말 역시도 절대적이지 않습니다. 기준점을 어디에 두느냐에 따라 최초라는 단어는 여기저기 옮겨 다닙니다. 그렇기에 해석의 여지에 따라 누군가는 김동인을 최초의 단편 소설가라고 얘기하고 또 누군가는 현진건을 언급하기도 합니다. 요즘에는 현상윤이나 김명순 같이 그간 문학사에서 많이 언급되지 않았던 작가들을 논의에 올리기도 합니다. 어떤 기준과 해석을 적용하느냐에 따라 최초라는 단어는 작가들 사이를 움직이게 되는 것입니다.

그런데 미술계는 다릅니다. 서양화 기법은 우리 내부에서 생겨날 수 있는 기술이 아니었기 때문에 과도기라는 것이 존재하지 않았습니다. 동양화에서 서양화로 발전해가는 것이 아닌 아예 새로운 기술을 받아들이는 것이었기에 논란 없이

'최초'라는 말을 붙일 수 있는 것입니다. 우리 근대 미술사에는, 일본을 통해서라는 왜곡된 방식으로 들어오긴 했지만, 서양화를 처음 수학하고 돌아온 1호 화가가 존재합니다. 바로 고희동高義東, 1886~1965입니다.

자, 이제 여러분은 고희동의 이름을 기억해야 합니다. 이름이 낯설다면 당연한 것입니다. 우리 미술사에서 너무나 중요한 존재이지만, 그 이름을 접할 기회가 많지 않았기 때문입니다. 고희동이 우리 미술사에 중요한 인물로 기억되는 것은 그저 '1호'라는 타이틀 때문은 아닙니다. 물론 1호라는 의미도 굉장히 중요하죠. 하지만 고희동이라는 화가가 가진 힘은 그의 작품보단 그가 행했던 행동들에 있습니다. 아마 고희동의 업적을 들으시면 왜 그렇게 강조했는지 고개를 절로 끄덕이게 될 것입니다. 과장을 조금 보태 피카소나 고흐가 고희동보다 유명할 이유가 전혀 없습니다. 물론 과장을 보태서입니다.

1915년, 동경미술학교로 유학을 떠났던 고희동이 귀국합니다. 최초의 서양화가이니 당연히 동경미술학교에 입학한 최초의 조선 유학생이었겠죠? 당시 일본에서 유학할 수 있었던 사람들은 재력도 갖췄지만, 동시에 신지식인으로 굉장히 깨어 있는 사람들이었습니다. 뭔가 새로운 것을 배워야겠다는 생각을 했다는 자체가 그것의 방증이죠. 고희동 역시 일본에서 유학하며 조선과는 다른 세상을 경험하고 돌아온 신지식인이었습니다. 하지만 귀국하고 돌아와 완전히 새로운 영역을 개척한다는 것이 그렇게 쉽지는 않았던 것 같습니다. 고희동의 회고에 따르면 스케치 박스를 들고 그림을 그리러 나가면 사람들이 '닭똥 냄새'가 난다며 거부감을 표현했다고 합니다. 그런 일을 당한 당사자를 생각하면 안타까운 일이지만, 참 기가 막힌 표현이기도 합니다. 기름이 섞인 유화 물감을 생각하면 닭똥을 떠올린 우리 선조들을 이해하지 못 할 일도 아니기 때문입니다.

그래서 그런지 고희동을 필두로 뒤에 차례로 귀국한 이른바 '1세대 서양화가'들은 미술 창작과는 거리가 먼 삶을 삽니다. 2호 화가였던 김관호는 얼마 지나지 않아 절필합니다. 3호인 김찬영은 미술 작업보단 문인들과의 관계를 통해 자신의 세계를 구축합니다. 시작점에 있었던 화가들이 줄줄이 그림 창작을 그만둔 데에는 개인적 이유도 있었겠지만, 아마 이를 받아들이기 힘들었던 사회 분위기도 크게 작용했을 것입니다.

그런데도 조선에 돌아온 고희동은 다양한 활동을 전개합니다. 그중 가장 중요한 활동은 바로 1918년에 '서화협회'를 조직한 것이었습니다. '서화협회'라는 단체명을 통해 아직까지 '서화書畵'라는 단어를 사용하는 것을 알 수 있습니다. 서화는 단어 그대로 글과 그림이라는 뜻입니다. 전통적 의미의 느낌이 물씬 나죠? 실제로 이 단체의 회장은 동양화의 대가인 안중식이었습니다. 고희동은 총무로 이 모임을 조직하고 운영했죠. 당시 안중식은 동양화가로서 최고의 위치에 있던 작가였습니다. 협회의 이름이 '서화'인 이유도 거기에 있지 않을까 짐작할 수 있습니다. 안중식과 조석진 같은 동양화 분야의 최고 권위자들과 함께 서화협회를 조직한 고희동은 이 모임을 단순히 친목 모임으로 두지 않으려 합니다. 회칙을 발표하고 전시회를 설계하는 등 공적 단체로 만들고자 하죠.

그래서 미술계에서는 서화협회를 '최초의 근대 미술 단체'라고 명명합니다. 서양화를 수학하고 돌아온 최초의 화가라는 점에서 이런 명칭은 당연했을까요? 그저 뜻 맞는 사람들끼리 만나 그림 그리고 친목만 다졌다면 이런 수식어가 붙진 않았을 것입니다. 서화협회가 가진 진정한 힘은 협회가 조직되고 3년 뒤인 1921년에 드러납니다. 바로 '서화협회전'의 개최가 그것입니다.

지금부터 '서화협회전'을 줄여 '협전'이라고 부르겠습니다. 협전은 우리나라에서 열린 최초의 근대적 의미의 전람회입니다. 국가에서 진행한 것은 아니므로 이런 전시를 '민전民展'이라고도 합니다. 최초의 근대 단체가 개최한 전시회니 이런 수식어가 당연할 거라 생각할 수도 있겠지만, 단체가 조직되고 전시회가 개최되기까지는 3년이라는 공백이 존재합니다. 이 기간에 누군가 단체를 만들고 전시를 열었다면 그 전시가 최초의 근대 전람회가 될 수도 있었을 것입니다. 그런데 아무도 그렇게 하지 않았습니다. 못했다고 하는 게 더 맞는 표현일 수도 있겠네요. 그만큼 쉽지 않은 일이었습니다.

협회가 생기고 협전이 열리기까지 3년이라는 공백이 없었다면 좋았겠지만, 시기상으로 어쩔 수 없기도 했습니다. 협회가 생긴 다음 해에 전람회를 기획하지만, 1919년에 3.1 운동이 일어나 수포로 돌아갑니다. 이후 회장직을 맡았던 안중식이 서거하고 2차 회장을 추대하는 과정에서 잡음이 생기는 등 전람회를 진행하기 힘든 여건이 됩니다. 이런 배경을 감안하면 3년의 공백을 공백이라고 할 수도 없겠습니다. 어쨌든 이 시간들을 지나 이제 우리의 미술은 드디어 1920년대에 진입하게 됩니다. 1919년 3.1 운동을 기점으로 일제는 무단 통치에서 이른바 문화 통치로 노선을 변경합니다. 다양한 미술 단체가 생겨나 개인 전시회를 포함한 동인전 등이 꽃피웁니다. 협전은 이런 미술계의 활력에 신호탄을 알리는 역할을 하게 된 것입니다.

꿈속에 있던 조선 서화계의 깨우는 첫소리

당시 협전을 알리는 『동아일보』의 기사 첫 문장만 봐도 이 전람회가 당시 미술계에 얼마나 큰 의미였는지 알 수 있습니다. 당시는 일본에서 유학하고 돌아온 서양화가들도 갈팡질팡 자리를 잡지 못했고, 따라서 '화단'이라는 개념이 자리 잡기도 어려웠을 시기였으니까요.

이쯤에서 의문이 생깁니다. 전람회 개최가 뭐 그렇게 큰 의미라는 것일까요? 사실 작품과 공간만 있다면 그곳이 전시회장이 되는 요즘 같은 시대에 전람회가 얼마나 큰 의미가 있다는 것인지 크게 다가오지 않을 수 있습니다. 하지만 시대를 생각해야 합니다. 때는 1920년대. 아직 미술이 무엇인지, 동양화와 서양화의 차이는 무엇인지, 제대로 된 답을 내릴 수도 없는 그런 시기였습니다. 미술을 공부하는 사람들도 그랬는데 대중에게 미술이라는 개념이 얼마나 모호했을까요?

그런데 전람회를 개최하면 이런 거리가 좁혀집니다. 꼭 매매를 목적으로 하지 않더라도 대중에게 '그림'이라는 것을 감상할 기회가 생깁니다. 예술을 접하게 되는 것이죠. 전시가 열리는 그 작은 공간에 작가가 그린 작품이 놓이고, 그것을 감상하는 감상자가 생기면서 '작가-작품-감상자'의 구도가 만들어지게 됩니다. 대중, 즉 감상자를 위한 그림을 그리고 그것을 전시할 공간이 생겼다는 것은 미술의 영역이 확장된다는 사실을 의미합니다.

게다가 서화협회는 『서화협회보』라는 잡지도 발간합니다. 전람회를 통해 현장의 감상자를 만들어내는 한편, 매체를 통해 독자들에게도 다가간 것입니다. 『서화협회보』역시 우리나라 최초의 미술 잡지로 여겨지는데 미술을 전문으로 다룬 최초의 잡지라는 점에서 의의를 지닙니다. 드디어 우리 예술에도 감상자와 독자를 기반으로 한 예술이 등장하게 된 것입니다. 소수에게만 허락됐던 예술이 대중에게까지 향유되기 시작합니다. 이제 '최초'라는 단어만 들으면 고희동이 생각날지도 모르겠습니다.

재미있는 점은 이 다음 해 조선총독부에서 '조선미술전람회'을 개최했다는 것입니다. 지금부터는 이 전람회를 '선전'이라고 부르겠습니다. 일제의 이런 움직임은 협전을 경계한 것이라 볼 수 있습니다. 일본에는 이미 '문부성 전람회'라는 국가 전람회가 진행됐기에 전람회의 존재를 몰랐다는 것은 말이 안 됩니다. 그런데 조선을 통치하며 전람회에는 관심 없던 일제가 협전이 성황리에 마무리를 지은 뒤 부랴부랴 국전을 개최하게 됩니다. 그리고 그 규모도 무조건 선전보다 크게 잡습니다. 전시관도 크게, 전시된 작품 수도 많게 구성합니다. 어떤가요. 정황상 협전을 경계한 것이라 볼 수 있겠죠. 총독부가 협전을 의식하지 않았다면 선전도 탄생하지 않았을 것입니다. 게다가 이렇게 성대하게 만들어주니 그 의도는 불순했을지언정 선전 때문에 우리 미술가들의 설 자리가 넓어진 것도 사실이었습니다.

협전의 등장은 좀 전 기사에서 언급했던 것처럼 '꿈속에 있던' 것 같은 조선 미술계를 뒤흔들어 깨우는 결과를 가져옵니다. 전람회에 출품하는 화가들과 그들의 전시 등으로 우리 조선계에도 드디어 '화단'이라는 것이 형성됐기 때문입니다. 또한 협전이 민전으로, 선전이 국전國展으로 서로 경계하며 자리를 잡게 되고 우리 미술계에도 '국전과 민전'이라는 구도가 형성됩니다. 아카데미즘과 전위적 예술이 자리할 조건이 마련된 것입니다.

근대 미술비평의 탄생

　지금까지 이제 막 화가가 된 고희동이 조선에서 가졌던 움직임을 좇아봤습니다. 이렇게 살펴보니 어떤가요. 앞서 피카소와 고흐만큼이나 중요한 인물이라는 말에 동의하나요? 사실 고희동은 자신의 첫 번째 이름표였던 서양화가에는 큰 뜻이 없었던 것 같습니다. 화가로서의 자질보단 예술 경영인으로서의 재능이 더 특출 났다고 할까요. 작품 활동은 계속하지만 서양화가 아닌 동양화로 전향했고 화가보단 예술 경영인으로 활약했죠. 이로써 1세대 서양화가들이 전부 이탈하는 현상을 겪게 됩니다.

　그러거나 말거나 우리 화단은 그 덩치를 서서히 키우게 됩니다. 일본을 통해 서양화를 수학하고 돌아온 화가 1호, 2호의 순서가 무색하게 프랑스와 미국 등 다양한 나라로 유학을 다녀온 화가들의 수가 점차로 늘어났기 때문입니다. 그리고 비슷한 시기에 이른바 문화 통치가 진행되며 다양한 매체도 쏟아지게 되죠. 그들만의 잔치가 아닌 대중이 참여하는 전람회가 된 것입니다. 전람회가 열리면 누군가는 전람회에 대한 소개글을 쓰고, 전람회가 끝나면 또 누군가는 전람회에 대한 평을 썼습니다. 신문이나 잡지가 하는 일이라는 게 그런 것이었으니까요.

　이런 글을 쓰는 주체는 누구였을까요? 바로 문인들이었습니다. 당시 신문이나 잡지의 기자들은 대부분 문인이었습니다. 기자도 글을 쓰는 직업이었기에 미술비평가 오광수는 당시 활동했던 문인의 범주에 '기자'를 넣기도 합니다.[1] 기자이면서 문인이었던 사람들이 얼마나 많았는지는 그 유명한 염상섭이나 이태준, 백석과 같은 문인들이 기자 출신이었던 것만 봐도 알 수 있습니다. 글을 써서 돈을 벌 수 있는 일이 한정된 것은 그때나 지금이나 마찬가지인 것 같습니다.

　당시 전람회라는 것은 대대적 문화 행사와 같은 것이었습니다. 학교에서 단체로 관람을 가기도 했다는 기록이 있는 것을 보면 많은 이의 이목을 끌었던 것 같습니다. 딱히 문화생활이라는 걸 할 게 없었던 시기에 전람회는 새로운 문물을 만날 수 있는 장소였습니다. 그래서인지 하루 관람객 수가 3천 명이라는, 지금도 이루기 어려운 기록들이 쏟아져 나오기도 했습니다. 이런 소식들을 기자들이 신문에 내면서 미술에 관한 글들이 매체에 등장하기 시작합니다. 하지만 이것을 본격적 미술비평이라고 하기엔 무리가 있었습니다. 대부분 사람은 익명을 쓰고 있었고, 그 내용도 작품에 관한 전문적 비평이라기보다 전람회에 대한 소식을 전하거나 대략적 감상평을 적은 것에 불과했기 때문입니다.

　이런 이미지 때문인지 미술계에서는 초기 문인들의 미술비평에 대해 호의적이지 않았습니다. 특히 미술비평계에서는 문인들과 화가들이 함께 미술비평을 했던 근대의 시기를 지나 1950년대에 이르러야 전문적 미술비평이 시작됐다고 말합니다. 지금까지 우리가 근대 미술의 시작을 1910년대 전후로 설정했던 것에 비하면 그 기간의 차이가 너무 크다는 것을 알 수 있습니다. 물론 미술계에서 1950년대를 진정한 의미에서 미술비평의 시작으로 잡는 데에는 그만한 이유가 있습니다. 바로 이경성李慶成, 1919~2009이라는 인물 때문인데요. 이 사람은 문인도 아니고 화가도 아닌 말 그대로 최초의 전문 미술비평가였습니다. 미술비평만을 다루는 비평가였다는 것입니다.

그렇다면 그때까지 활동했던 비평가들은 미술비평가로 인정받지 못하는 것일까요? 전문 미술비평가가 작성하지 않은 글이기 때문에 1950년대 이전에 작성된 글들은 미술비평문으로 인정하지 못한다는 것일까요? 물론 그런 것은 아닙니다. 다만 전문적 미술비평가의 출현을 미술비평사에서 중요하게 다루는 것뿐입니다. 이경성 출현 이전에는 문인이거나 화가들에 의해, 즉 비非전문가나 반半전문가들에 의해서 미술비평이 진행됐기 때문입니다. 이들은 전문 비평가들이 아니었기 때문에 문인과 화가라는 직군의 차로 확연한 시각 차이를 보이기도 합니다. 그러나 전문 비평가였던 이경성은 문인과 화가들이 서로 볼 수 없었던 부분까지 세심하게 다가설 수 있었습니다. 그래서 이경성을 최초의 전문적 미술비평가로 보는 것도 무리는 아닙니다. 게다가 이 시기에 이경성을 필두로 미술비평가협회가 조직돼 그 기틀이 잡혔기에 미술비평계에서 1950년대를 전문적 미술비평의 출발점으로 잡는 데에도 나름의 타당한 이유가 있습니다.

하지만 우리는 근대 문학과 미술이 서로 인지하고 글을 쓰게 된 시기를 찾아보는 것을 목적으로 하고 있습니다. 때문에 전문적 직업의 출현보단 교류 양상과 지점을 찾아보고자 합니다. 당시 문인들에 의해 미술비평문이 시작됐다는 전제도 이 때문입니다. 과연 우리의 첫 미술비평문은 언제 작성됐을까요? 그리고 그것에 문인이 어떤 역할을 했을까요?

반복해서 살펴본 바와 같이 1호 서양화가인 고희동이 귀국하면서 전통적 의미의 미술과는 확연하게 다른 '서양화'가 조선에 소개됩니다. 그뿐 아니라 협회와 잡지, 그리고 전람회까지 '최초'라는 수식어를 반복해 얻으며 화단으로 발전할 기반을 마련합니다. 이 시기부터 전람회가 나오고, 그와 관련된 글들이 쏟아져 나왔으니 시기상으로 보면 1920년대가 돼야만 근대적 의미의 미술비평문이 발표될 배경이 완성됩니다.

하지만 최초의 현장 비평문은 이보다 앞선 시기인 1910년대 중반에 발표됩니다. 정확하게는 '1916년'입니다. 최초의 근대적 의미의 전람회는 1921년에 시작됐는데 어떻게 1910년대에 현장 비평문이 발표될 수 있었을까요? 아쉽지만 그건 조선 땅에서 이뤄진 일은 아니었습니다. 일본에서 유학하던 유학생들 사이에서 일어난 일이죠.

앞서 문부성 전람회라는 일본의 국전에 대해 잠시 언급했습니다. 여기에서 우리에게 의미 있는 미술비평문이 발표됩니다. 배경은 일본이지만, 그 글의 대상도 그 글의 작성자도 조선인입니다. 그 글의 대상은 2호 화가로 언급됐던 김관호이며 그 글의 작성자는 춘원 이광수李光洙, 1892~1950입니다.

이광수라니. 여기에 잠시 쉼표를 찍어보겠습니다. 교과서적 의미부터 확인하자면 이광수는 「무정」이라는 최초의 근대소설로 여겨지는 작품으로 알려진 문인입니다. 그리고 또 친일 행적으로 유명한 사람이기도 하죠. 얼마 전, 이광수 문학상을 제정하려는 시도가 있었고 많은 이의 반대로 무산된 사건이 있었습니다. 짧은 에피소드지만, 여기서 알 수 있는 사실 두 가지가 있습니다. 이광수라는 사람은 우리 문학사에서 문학상을 제정하자는 움직임이 있을 정도로 유의미한 문인이었다는 점, 그리고 그것이 무산될 정도로 논란거리를 가진 문인이었다는 점입니다.

그런데 그런 이광수가 최초로 미술비평문을 작성했다니. 이광수와 미술비평문이라는 키워드의 낯선 새로움이 그저 놀라울 뿐입니다. 그런데 또 가만히 따져보면 이광수가 미술비평문을 작성했다는 사실이 그렇게 놀랄 일도 아니라는 생각이 듭니다. 왜냐하면 그는 소설만 쓴 문인이 아니기 때문입니다. 그는 시와 희곡, 수필, 그리고 논평까지 당시 글로 쓸 수 있는 모든 글을 다 섭렵한 문인이었습니다. 문학사 책을 펼쳐보면 1910년부터 1920년, 그리고 해방 이후까지 각 장르별 챕터에 이광수의 이름이 끝도 없이 나옵니다. 당시 문학계의 3대 천재가 이광수, 최남선, 홍명희라는 말이 괜히 나온 말이 아님을 문학사 교재를 통해 확인해볼 수 있습니다. 이광수의 망령에 사로잡혀 있다고 해도 과언이 아닐 지경입니다.

「무정」이 『매일신보』에 연재된 것은 1917년으로 이광수가 와세다대학에서 유학할 당시였습니다. 이 소설이 얼마나 선풍적 인기를 끌었는지 이광수는 일약 스타의 자리에 올라 유명인이 됩니다. 「동경잡신」이라는 글은 그보다 1년 전인 1916년, 『매일신보』에 연재된 글입니다. 당시 동경 유학생으로서의 삶을 살아가던 이광수는 조선에 발간되는 신문 지면을 통해 일본이라는 공간에 대해 소개합니다. 그리고 그 안에 최초의 현장 비평문이라고 할 수 있는 이광수의 미술비평문이 발표됩니다.

지금이야 인터넷이 워낙 발달해 지구 반대편에 앉아 있어도 함께 있는 것처럼 지낼 수 있게 됐습니다. 이런 기술의 발전은 언급할 필요도 없이 세계 속의 우리를 가깝게 만들고 있죠. 하지만 이광수가 살아가던 시기는 그렇지 않았습니다. 이 세계에서 저 세계를 잇는 유일한 매체는 신문이나 잡지 등과 같은 인쇄 매체였습니다. 일제 강점기가 시작된 이후 일본을 통해 근대화를 이룩했던 우리는 일본에 있는 유학생들을 통해 그곳의 생활상을 전해 들었습니다. 이광수 역시 그런 메신저의 역할을 톡톡히 해냈죠.

「동경잡신」은 열네 개 파트로 이뤄진 글입니다. 제목 그대로 동경에서 있었던 여러 잡다한 이야기를 전하는 글입니다.

유학생으로서의 학교생활, 가정생활, 경제생활 등의 이야기를 펼치는 가운데 열두 번째 파트인 '문부성 전람회기'가 바로 그 미술비평문이 됩니다.

이광수의 「동경잡신」에 대한 연구는 그의 다른 창작물에 비해 자세하게 이뤄지지 않은 편인데 그 평가도 그리 호의적이진 않습니다. 왜냐하면 근대화된 일본의 모습을 찬양하며 조선을 미개한 곳으로 비추는 어감을 풍기기 때문입니다. 김윤식이 『이광수와 그의 시대』라는 책에서 언급하는 것처럼 가장 개화된 공간인 동경과 조선의 모습을 비교해 독자들을 '민족적 허무주의'에 빠지게 만들고, 또 그 안에서 자신의 모습을 '선각자'로 부각하려고 한 글로 읽히기도 합니다.[2] 실제로 「동경잡신」에는 일본 동경 생활을 찬양하는 내용으로 가득합니다. 일본은 근대화된 공간으로, 조선은 전근대적 공간으로 인식하는 이광수의 세계관을 엿볼 수 있는 것이죠. 그런데 그중에 조선을 찬양하는 글이 존재합니다. 그것이 바로 그의 미술비평문으로 언급되는 '문부성 전람회기'입니다.

문부성 전람회는 선전의 모델이 되는 일본의 국전입니다. 일본에서 유학하던 이광수가 이 전람회에 다녀와 쓴 비평문이 '문부성 전람회기'인 것이죠. 이광수가 전람회장을 직접 다녀온 후 작성한 글이기 때문에 이구열은 이 글을 우리나라 최초의 미술비평 현장 르포라고 이야기하기도 합니다. 실제로 전람회장에 가게 된 계기부터 전람회장 앞에 도착한 순간, 그리고 입장해 작품에 대한 감상까지, 전람회장에서 본 풍경과 작품에 대한 감상을 실감나게 적었습니다. 아직 근대적 전람회가 시작되지 않은 조선 땅의 독자들에게 이 글은 새로운 세계를 만나게 해주는 통로가 됐을 것입니다.

그런데 일본 국전에서 우리 조선을 찬양할 일이 뭐가 있었을까요? 협전이 열린 시기가 1921년이었으니 아직 조선에는 전람회다운 전람회도 없었고 심지어 서화협회가 조직되기도 전인데 말입니다. 고희동이 조선으로 귀국한 해가 1915년이니 일본에서 유학하던 이광수라고 할지라도 서양화라는 세계는 낯설었을 것입니다. 그런데 어떻게 그 전람회에서 조선을 찬양할 '무엇'을 발견한 것일까요?

그 '무엇'은 바로 우리나라 2호 서양화가인 김관호金觀鎬, 1890~1959입니다. 이광수는 '김관호'의 작품을 보러 간 것입니다. 김관호는 고희동의 후배이자 서양화를 수학하고 돌아온 두 번째 화가입니다. 1916년에 동경미술학교를 졸업하고 조선으로 귀국해 '최초의 개인전'을 개최한 화가이기도 하죠. 고희동과 김관호의 귀국 시기는 1년 차이로 크지 않지만, 둘의 성향은 매우 달랐습니다. 고희동이 예술 경영인으로서 화단을 이루는 데 투신했다면, 김관호는 화단의 활동에는 크게 관심을 보이지 않았습니다. 평양 부호의 아들이었던 김관호는 조선 사람에게 인정받지 못하는 미술 활동에 그다지 미련을 보이지 않았던 모양입니다. 그렇다고 아무것도 하지 않았던 것은 아닙니다. 좋은 성적으로 금의환향한 그가 개인 전시회도 열고, 삭성회라는 모임도 조직해 고향에 미술 학교도 세우려는 시도를 했던 것으로 봐서 귀국 초기에는 미술에 열정을 가졌던 것 같습니다. 하지만 마음먹은 것처럼 잘되지 않았고 이후 별다른 창작 활동을 펼치지 않아 사실상 '절필'한 뒤 화단에서는 자취를 감추게 됩니다. 그럼에도 김관호는 당시 문인들의 사랑을 받았던 화가였습니다. 왜냐하면 일본에서도 인정받는 '천재'였기 때문입니다.

이광수가 동경을 찬양하는 내용으로 가득했던 「동경잡신」에서 김관호를 그렇게 치켜세운 이유도 여기에 있습니다. 김관호는 당시 동경미술학교를 수석으로 졸업합니다. 이제 두 번째로 입학한 조선인이 수석으로 졸업했다는 사실만으로도 놀라운데 문부성 전람회에 작품을 출마해 그 작품이 3등에 해당하는 특선을 수상하게 됩니다. 수석 졸업도 대단하거니와 그 와중에 국전에서 특선을 탔으니 이는 정말 조선이 뒤집어질 소식이었죠. 미개한 조선을 계몽해 일본과 같은 근대 국가를 만들어야 한다고 주창하던 이광수의 눈에 김관호가 어찌 비쳤을지 상상이 갑니다.

아아! 김관호군金觀鎬君이여! 감사感謝하노라. … 군君이 조선인朝鮮人을 대표代表하여 조선인朝鮮人의 미술적美術的 천재天才를 세계世界에 표표했음을 다사多謝하노라.

글을 통해 김관호에 대한 애정을 아낌없이 폭발하는 이광수입니다. 일본에서 상 받은 것을 '세계'라고 비유하고 있음에

김관호, 〈해질녘〉, 1916년, 동경미술대학 소장.

김관호가 동경미술학교에서 수석으로 졸업함과 동시에 문부성 전람회에서 특선상을 수상할 수 있는 영예를 안겨 준 그림이다.

일본에 대한 사대주의적 성향을 드러낸다고 비판받기도 하지만, 그만큼 김관호가 뛰어나다는 이야기를 하고 싶었던 것 같습니다. 동시에 영탄법을 여러 번 사용하며 과잉된 감정을 그대로 드러냈습니다. 그래서인지 이광수의 미술비평문은 그리 좋은 평을 받진 못합니다. 초기 연구자들은 이광수의 '문부성 전람회기'가 감정에 치우쳐 감상만 말하느라 작품에 대한 자세한 설명은 없는 글이라고 비판합니다. 초기 연구자들의 이런 평가는 이후 연구자들에게 영향을 끼쳐 이광수의 미술비평문에 대한 전반적 평가는 이 관점에서 크게 벗어나지 않게 됩니다. 최초의 연구가 얼마나 중요한지 보여주는 대목이기도 하죠.

　하지만 여기서 의문이 생깁니다. 뛰어난 작문 실력과 예술적 안목을 갖춘 이광수가 김관호의 그림에 대해 단순히 감상 정도로만 기록한 것이 맞는지에 대한 의문입니다. 정말 이광수의 미술비평문은 단순한 감상문에 지나지 않은 그저 그런 글일까요?

　결론부터 말씀드리자면 이광수의 글을 최초의 현장 르포[3]로서 충분히 의의가 있는 비평문이 맞습니다. 아니 사실 굉장히 훌륭한 글입니다. 이전 연구에서 작품에 대한 자세한 설명이 없다고 하는데 김관호의 작품에 대해서는 자세하게 설명할 수 있는 상황이 안 됐습니다. 〈해질녘〉이라는 제목의 이 작품은 강가에서 목욕하고 나온 두 여자의 뒷모습을 그린 나체화였기 때문이죠. 당시 조선 사회에서는 나체화를 신문에 실을 수 없었습니다.

　　전람회에 진열된 김군의 그림은 사진이 동경으로부터 도착했으나
　　벌거벗은 그림인 고로 사진으로 게재하지 못함.
　　 -『매일신보』, 1916년 3월 31일.

『매일신보』에서 도판을 싣지 못하게 됐다고 적은 기사문입니다. 「동경잡신」은 같은 신문에 연재된 글인데 글로 어찌 여성의 나체를 자세하게 설명할 수 있었을까요? 그러니까 이광수가 그림에 대한 자세한 설명을 붙이지 '못' 한 것이 아니라 '안' 한 것이라 보는 것이 맞습니다. 그가 미술에 대한 감상안이 뛰어났다는 사실은 또 다른 곳에서도 증명 가능합니다. 그는 조선을 주제로 한 작품이 〈해질녘〉을 포함해 총 네 점이 있었다면서 나머지 세 작품에 대해 자세하게 설명합니다. 작품 속 인물이 어떤 포즈를 취했으며 배경은 어떠한지, 작가의 의도는 무엇일지에 대한 이야기까지 말입니다. 특히 〈시장〉이라는 작품에서는 조선 시장의 모습이 자세하게 그려졌다면서 작가가 조선을 '연구하려는 태도'로 바라보고 있다고 접근하기도 합니다. 단지 〈해질녘〉에 대한 설명이나 묘사가 없었다고 해서 감상에만 치우친 글이라는 평을 받는 것은 부당하다고 봅니다.
　이광수의 이 글은 사실 우리 미술비평사는 물론이고 미술사에서도 매우 중요하게 다뤄져야 한다고 생각합니다. 조선에

아직 근대적 의미의 미술 단체와 전람회가 존재하지 않았던 시기에 작성된 글이기 때문에 더더욱 그러합니다. 이 글의 내용에는 전람회의 입장료는 물론이고 화폭의 양식, 그리고 일본의 그림과 우리의 그림이 어떤 차이점을 갖는지에 대한 나름의 고찰까지 상세하게 담겨 있습니다. 전람회가 없었던 우리 조선에 이런 것이 있다는 것을 신문 연재를 통해 알렸다는 사실만으로도 큰 의미가 있는 것이죠. 그럼에도 이광수의 글은 아니 문인들의 글은 미술비평사에서 그리 중요하게 여겨지지 않습니다. 이유는 무엇일까요?

문인들의 미술비평 활동

앞에서도 잠시 언급했지만, 현재의 미술비평계는 1950년대에 들어 비로소 본격적인 미술비평이 시작됐다고 봅니다. 그렇다고 1910년대 시작된 문인들의 미술비평 흔적을 아예 지운다는 것은 아닙니다. 아니, 오히려 문학계보다 활발하게 연구를 이어가고 있습니다. 일례로 한용운이 위창 오세창의 집에 사흘간 방문해 쓴 비평문인 「고서화의 3일」이나 이태준이 신문에 발표했던 미술비평문 다수가 그들의 전집에서 빠진 것이 문학계의 현실입니다. 심지어 이태준은 미술비평문으로 등단했는데 말입니다. 이들이 작성한 미술비평문은 문학과 관련된 글도 아닐뿐더러 창작품이 아닌데다가 그 글의 수가 한두 편에 그치고 있어 이런 배제 현상이 일어나는 것입니다. 그에 비해 미술비평계에서는 문인들의 미술비평문을 하나씩 언급하고 있으니 오히려 미술 분야에서 문인들의 미술비평문에 대한 연구가 활발히 이뤄지는 것이라고 볼 수 있죠.

근대 미술이 시작된 이래로 미술비평문에 가장 가까이 접근한 사람들은 바로 '문인'들이었습니다. 문인이기도 했던 신문기자들이 전람회나 그림에 대한 소식을 전하는 것으로 시작된 글인데다 글을 쓰는 것이 자신의 직업이었던 문인들이기에 그들이 미술비평을 담당하게 된 것은 어쩌면 당연한 수순이었습니다. 내용은 미술에 대한 것을 담고 있지만, 그것을 풀어내는 양식이 '글'인 이상 어쩔 수 없는 현상이었던 것이지요. 그래서인지 서양에서도 미술비평은 전문 미술비평가나 화가보단 문인들에 의해 시작됩니다. 따라서 우리나라 초기 미술비평문은 '문인들의 시대'라고 볼 수 있습니다. 조금 더 시간이 지나면 미술을 공부하고 돌아온 화가들이 미술비평에 뛰어들게 됩니다. 이 시기는 대략 1920년대 중반 전후인데 이는 유학하고 돌아온 화가들의 숫자가 급증한 시기와도 겹칩니다. 더불어 매체들의 발달도 언급할 수 있겠네요. 아무리 글을 많이 써도 그것을 담을 그릇이 없다면 무용지물이 되고 말겠죠. 매체들이 쏟아져 나오는 1920년대에는 이런 여러 조건이 맞물리면서 미술비평계도 활기를 띠게 됩니다. 바로 '문인과 화가들의 비평 시대'가 열리게 된 것이죠.

어쨌든 미술비평계에서 문인들의 비평문을 언급하고는 있지만, 그 수준에 대해서는 의문을 제기합니다. 현대의 미술비평가이자 미술사학자인 오광수는 미술비평사를 집필하며 문인들의 글을 '단순한 감상기'에 불과하다고 말합니다.[4] 이유는 간단합니다. 전문적 지식 없이 글을 집필했기 때문입니다. 이런 지적을 아예 '틀렸다'고는 할 수 없습니다. 왜냐하면 문인들에게 서양화에 대한 형식적 부분까지 심도 있는 이해를 요구하기가 어려웠기 때문입니다. 당시는 서양화가의 수도 적었을 뿐더러 화단도 이제 막 덩치를 키워가고 있었기에 이는 당연한 것이었습니다. 즉 그 누구에게도 전문 지식을 요구할 수 없었다는 것입니다.

그런데 당시에도 문인들이 미술비평 활동을 하는 것에 나름의 불만이 있었던 것으로 보입니다. 김종태라는 화가는 글을 통해 문인들이 미술비평 활동을 하는 것에 대한 불만을 에둘러 표현하기도 합니다.

> 몇 분의 문사文士, 몇 분의 작가作家의 감상기感想記를 보나 그것은 대개 화제畵題를 문학적文學的으로 해석解釋하야 그 작품作品을 그대로(실實은 제멋대로) 단정斷定하여버리는 것이 그들의 이른바평所謂評이었다.
> -김종태, 「제8회 미전평」, 『동아일보』, 1929년 9월 3일.

김종태가 조선미술전람회를 관람하고 난 후 발표한 글입니다. 이 부분만 봐도 문인들의 미술비평 활동에 대해 그리 호의적이지 않은 것을 알 수 있는데요. 그 이유가 현대 연구자인 오광수의 논지와 크게 다르지 않습니다. 문인들의 비평이 미술에 대한 전문적 지식 없이 문학적 감상만을 늘어놓는다는 것이죠. 화가들의 입장도 충분히 이해가 됩니다. 아직 비평다운 비평이 시작되지 않았기에 자신의 작품을 전문성 떨어지는 이들에게 평가받는 것이 익숙하지 않았을 것입니다. 아니, 몇몇에게는 불쾌한 경험이었을 수도 있겠습니다.

그런데 흥미로운 점은 문인들도 화가들의 이러한 불만을 알고 있었다는 것입니다. 이는 문인들은 미술비평문을 시작하기에 앞서 자신을 '문외한'이라며 자신을 낮추고 미술비평에 조심스러운 자세를 취했다는 것에서 알 수 있습니다. 앞서 살펴봤던 이광수는 물론이고 김기림이나 심훈 등도 미술비평을 시작하기에 앞서 자신이 문외한이며 잘 모르는 세계를 더듬어 가며 글을 쓴다고 조심스럽게 밝힙니다.

> 문외한門外漢이 하는 미술평론은 역시 문외인이 하는 영화비평, 문학비평, 연극비평과 마찬가지로 큰 위험을 갖고 있다. 더욱이 미술비평은 그것을 전문가가 아닌 문외인이 쓰는 때는 그 외나무다리 건너는 장님 이상의 모험심을 요한다.
> – 김기림, 「협전協展을 보고」, 『조선일보』, 1933년 5월 6일~7일.

김기림은 자신을 '문외한'이라 부르며 미술의 세계가 너무나 전문적이어서 문인들이 비평에 가담하는 것은 외나무다리를 건너는 장님 이상의 모험심을 요한다고 표현했습니다. 너무나 새로운 세계라 문인들이 말을 꺼내는 것 자체가 어렵다는 뜻이겠지요. 그런데도 문인들은 이경성의 출현 전까지 열심히 미술비평문을 작성합니다. 그 이유는 무엇이었을까요? 화가들에게 크게 환영받지도 못하고 때로는 논쟁이 붙기도 하면서까지 문인들이 미술에 대한 비평을 남기고자 했던 이유 말입니다. 사실 지금까지 언급된 이광수나 김기림, 심훈, 이태준과 같은 이들은 문단에서 이미 어느 정도 위치를 차지한 작가들입니다. 굳이 미술계에서 욕을 먹어가면서까지 글을 쓰지 않아도 되는 상황이었죠. 그런데도 해방 전까지 꾸준히 미술 비평문을 발표하는 이유는 무엇일까요? 이는 미술에 대한 문인들의 관심에도 기인하지만, 또 다른 이유에서 작용하기도 합니다. 김기림의 말에서 그 단서를 찾아볼 수 있습니다.

그럼에도 무엇이 우리와 같은 문외한으로서 이런 종류의 붓을 드는 모험을 강행하게 하는가. 사실상 이 땅에 있어서는 미술가 제 씨가 정성을 들여 그린 한 개의 그림을 또는 전람회를 비평해주는 진정한 의미의 미술비평은 거의 없어 전람회나 그림은 전인 무시되며 암흑 속에 파묻힌 대로 망각 속으로 흘러버리고 그러한 까닭에 문외인이나마 비평이 아닌 감상이라도 써보려는 충동을 느낀 것이다.

김기림이 말하는 것처럼 "그럼에도" 문인들이 미술에 관한 이야기를 적을 수밖에 없었던 것은 그것을 기록할 사람이 부족했기 때문입니다. 미술을 사랑했던 문인들이기에 화가들의 훌륭한 작품들이 암흑 속에 사라지는 것을 그냥 보고 있을 수 없었던 것이죠. 그래서 그들은 작품을 글로 기록하고 남겨둔 것입니다. 일본 유학을 통해 귀국한 화가들이 각종 단체를 운영하고 전람회 입상 혹은 유학을 통해 많은 화가가 생겨나는 것에 비해 그것을 비평할 비평가의 수는 절대적으로 부족했습니다. 아니 비평가의 수가 부족했다는 것을 넘어서 그림을 보고 이해할 수 있는 사람들의 수가 많지 않았다는 게 더 맞는 표현일 것 같네요.

　실제로 우리는 근대 미술사에 중요한 작품들을 많이 잃었습니다. 이유는 아시다시피 해방과 전쟁 때문입니다. 전쟁 중 폭격에 의해 사라진 작품도 많지만, 잦은 피난 생활과 이후 월북 등의 이유로 작품들을 온전히 보존하기 어려웠습니다. 임용련과 백남순의 작품도 폭격으로 사라졌고, 김환기는 자신의 소중한 백자들과 작품을 우물에 넣어놓고 갔는데 모두 잃었다고 하죠. 그나마 문인들의 이런 기록들이 남아 당시 화가들의 작품 세계를 짐작하고 이해하는 데 도움이 되고 있습니다.

문인과 화가의 시각 차이와 '문명비평'의 시각 제시

　문인들의 미술비평 활동이 '기록'으로서의 의의만 있는 것은 아닙니다. 화가들에 비해 전문성은 떨어지지만, 화가들과는 또 다른 시선으로 작품을 대할 수 있었기 때문입니다.

　이 부분을 살펴보기 위해서는 우선 한 가지가 전제돼야 합니다. 반복해 언급하는 것처럼 당시의 시선으로 접근해야 한다는 것입니다. 근대적 의미의 문학과 미술이 이제 막 생겨났기에 비평이라는 행위에 대한 정의도 이뤄지지 않았던 시기라는 사실을 잊으면 안 됩니다. 그래서인지 당시의 비평문을 접하면 깜짝 놀랄 정도로 인신 공격적인 부분이 많이 나옵니다. 또한 그 글의 대상이 작가를 향하는 것인지, 독자를 향하는 것인지 구분되지 않는 글도 많습니다. 이는 당시로는 당연한 현상이었습니다. 비평이라는 행위에 대해 그 누구도 정의하지 않았던 시기였기 때문입니다. 우리나라 최초의 조각가이자 가장 활발하게 미술비평 활동을 전개했던 김복진金復鎭, 1901~1940은 비평하는 이유에 대해 다음과 같이 말합니다.

　칭찬 아닌 평문은 쓰지 않는 게 좋다고 일본 어떤 문인은 말했다마

는 나는 뒤바꾸어 욕이 아닌 비평을 쓸 까닭이 없다고 한다. 칭찬
하려면 쓸 것도 없이 입만 딱 닫는 것이 제일 날 것이 아니냐.
- 김복진, 「제4회 미전 인상기」, 『조선일보』, 1925년 6월 2일~7일.

　그는 욕이 아닌 칭찬을 하는 비평은 할 이유가 없다고 말합
니다. 참 거칠고 직설적이죠? 하지만 김복진은 진심으로 이것
을 비평의 목적이라고 여깁니다. 왜 그랬을까요? 좋은 부분
만 보고 칭찬만 해줘도 좋을 텐데 굳이 부족한 점을 지적하는
이유는 무엇일까요? 이는 그가 창작하는 같은 작가의 입장
이었기 때문이라고 볼 수 있습니다. 즉 같은 작가의 입장으로
작가들에게 본인들이 부족한 부분을 인식해주고 더 나은 방
향으로 나아가게 하기 위해서였다는 것이죠. 실제로 그는 굉
장히 뾰족한 비평을 남기고, 이로써 많은 화가와 갈등을 겪은
것으로 알려졌습니다. 나혜석과의 일화를 한 번 보실까요.

　그 어느 때이던가. 나혜석羅蕙錫 여사女史에게 욕辱을 먹었을 때에는
평생平生 욕辱을 하여 보지 않았고 주먹놀음 하여 보지 못한 나로서
도 분忿이 끝까지 나서 무던히 속을 태웠더랍니다. … 그 시비是非 끝
에 절교絶交 비슷-, 봉변逢變 비슷-, 또는 담 너머에서 물도 날아오고
했지요.
- 김복진, 「조각생활 20년기」, 『조광』, 1940년 6월.

　화가 나혜석이 자신에 대한 평을 읽고 화가 나서 서로 고성

이 오간 싸움이 있었다는 사실을 알 수 있습니다. 도대체 어떤 평이었길래 나혜석을 저렇게 화나게 했던 것일까요? 문제가 된 비평문을 살펴보겠습니다. 김복진은 나혜석이 작품을 발표하기 전에 자신의 자궁병 때문에 고생했던 것을 언급하며 평을 시작합니다.

> 초기의 자궁병이 만일 치통과 같이 고통이 있다 하면 여자의 생명을 얼마나 많이 구할지 알 수 없다는 말을 들었었다. 신문을 보고 이 기억을 환기하고서 그래도 화필을 붙잡는다는 데 있어 작화상 졸렬의 시비를 초월하고 호의를 갖고 있다는 것만 말하여 둔다.
> – 김복진, 「제5회 미전 단평」, 『개벽』, 1926년 6월.

쉽게 이야기해 자궁병으로 아프다고 하니까 작품에 대한 평은 하지 않고 화필을 붙잡은 것 정도만 언급하겠다는 것입니다. '작화상 졸렬의 시비를 초월'한다니 이런 평은 자존심이 센 나혜석의 기분을 충분히 상하게 했을 것입니다. 작품에 대해 언급할 가치가 없다고 읽혔던 것일까요. 공식 모임에서 만난 나혜석이 김복진에게 욕을 했나 봅니다. 이외에도 김복진은 최우석의 작품에 대해 "금년도의 대표적 졸작(김복진, 「제4회 미전 인상기」, 『조선일보』, 1925년 6월 2일~7일.)"이라고 언급했다가 논쟁이 붙기도 합니다. 최우석은 김복진이 제대로 알지도 못하면서 말을 함부로 한다고 대노합니다. 아직 비평하는 쪽도, 그것을 받아들이는 쪽도 미숙하다는 것을 알 수 있습니다. 정말 살벌하죠? 이런 평을 처음 듣고 화가 난 화가들의 입장도 십분 이해가 갑니다.

하지만 이런 논쟁의 과정을 거쳤기에 우리의 미술비평은 한 걸음 발전할 수 있었습니다. 상대의 논리를 공격하기 위해서는 자신의 주장을 다시 정비할 수밖에 없기 때문입니다. 그 과정에서 우리 화단에는 우리만의 비평론이 형성됐습니다. 때문에 이런 논쟁은 발전을 위한 필수 요소가 됩니다.

문인들은 이런 비평의 혼란 속에서 화가들이 볼 수 없는 나름의 시각을 제시하며 미술비평의 발전에 일조하게 됩니다. 앞서 언급했던 것처럼 일부 화가들은 문인들이 미술에 대해 멋대로 해석하는 것에 불만을 표시하기도 합니다. 하지만 또 다른 화가들, 예를 들어 김복진 같은 작가들은 문사는 물론이고 미술사학자 고유섭 같은 인물들이 미술비평에 조금 더 활발하게 참여해야 한다고 말하기도 합니다. 같은 화가들이 바라보는 시선에는 한계가 있을 수밖에 없기 때문이죠.

아무래도 같은 분야의 전문가들 눈에는 기술적 부분이 눈에 보였습니다. 다른 이들은 건드릴 수 없는 부분이기에 더욱 그렇습니다. 때문에 화가들의 비평은 기술적 부분에서 잘되거나 아쉬운 점을 언급하는 경우가 많습니다. 그리고 그 언급의 대상은 '화가 그 당사자'로 향하게 되죠. 그래서 화가들의 비평문은 '화가'를 대상으로 '기술적 부분'에 대해 언급하는 방식으로 이뤄집니다.

그런데 문인들은 다릅니다. 문인들은 먼저 기술적 부분에 대해 언급할 미술적 지식을 갖지 않았습니다. 그리고 대상도 화가보단 독자를 향했습니다. 평소에 독자를 염두에 두고 글을 쓰던 사람들이기 때문에 매체에 발표되는 글의 대상으로 독자를 설정하는 것입니다. 비평가들만의 개별적 특성에 따라 달라지기도 하겠지만, 문인과 화가들이 작성한 비평문이 가진 큰 차이점은 이로써 두 가지로 정리할 수 있습니다. 하나는 대상의 차이, 또 다른 하나는 내용의 차이입니다.

그럼 이제 문인과 화가가 쓴 비평문을 비교해보겠습니다. 두 비평문을 비교하기 위해서는 아무래도 같은 전시회를 본 비평문이 좋겠지요. 같은 전시회를 본 문인과 화가들의 비평문이 몇 편 존재합니다. 1930년, 임용련과 백남순 부부가 귀국해 개최한 '부처전'에 화가 이종우와 문인 이광수가 참여하기도 했고, 같은 해 협전을 보고 쓴 화가 윤희순과 문인 이태준의 글도 있습니다. 이번에는 다른 데서는 잘 언급되지 않은 심훈과 안석주의 비평문을 다뤄보고자 합니다.

심훈沈熏, 1901~1936, 맞습니다. 교과서에서 자주 봤던 문인 심훈 맞습니다. 우리에게 「그날이 오면」이라는 시와 「상록수」라는 소설로 유명한 심훈도 미술비평문을 남깁니다. 그런데 그 수가 한 편에 지나지 않아 이에 대한 문학계의 연구는 이뤄지지 않고 있습니다. 하지만 오히려 '한 편'이기 때문에 더 심도 있게 다뤄야 하는 것이 아닐까 합니다. 그 안에 심훈이 가진 미적 의식이 담겼을 것이기 때문입니다. 미술비평계에서 심훈의 비평문을 언급하기는 하지만, 단독으로 다루지는 않았죠.

게다가 원본을 확인하는 과정에서 '심훈沈熏'이라는 이름은 '심묵沈墨'으로 표기돼 미술비평가 '심묵'으로 언급되기도 합니다. '훈熏'과 '묵墨'이라는 한자가 비슷하게 생겼기 때문에 생긴 해프닝일 것입니다. 하지만 이로써 문학계에서 심훈이 작성한 미술비평문에 대한 연구가 얼마나 이뤄지지 않고 있었나를 알 수 있습니다.

또 다른 비평가인 안석주安碩柱, 1901~1950의 이름은 아마 낯설게 느껴질 것입니다. 그럼 혹시 〈우리의 소원은 통일〉이라는 노래는 어떤가요? 제목만 들었을 뿐인데 멜로디가 들리는 것 같죠. 이 노래를 모르는 분들은 없을 거라 생각합니다. 그런데 이 노래는 원래 '통일'을 염원한 노래가 아니라 '독립'을 기원하는 노래였습니다. '우리의 소원은 독립'이 원래 가사였죠. 그 가사를 적은 사람이 바로 안석주입니다. 그럼에도 대중에게는 잘 알려지지 않았죠. 유화 작품보단 삽화로 더 활발하게 활동을 펼쳤던 화가이기 때문입니다. 하지만 근대 미술비평계를 들여다보면 안석주는 그 누구보다 열심히 활동했던 화가이자 미술비평가였습니다. '석영'이라는 호를 사용하는 안석주의 이름은 미술과 미술비평계뿐 아니라 영화계에서도 자주 언급되는 영화인이기도 합니다.

두 사람은 1929년 총독부 주관의 선전을 보고 그에 대한 비평문을 각각 발표합니다. 화가이자 이미 비평가로 활발하게 활동하던 안석주와 소설가로 이름을 날렸지만, 미술비평 쪽으로는 본인 말대로 '문외한'이었던 심훈의 글들은 문인과 화가가 가질 수 있는 시각 차이를 여실히 보여줍니다.

1929년 9월 1일부터 사흘간 개최된 선전을 감상하고 발 빠르게 움직인 것은 안석주였습니다. 안석주는 전람회가 막을 내린 3일 뒤인 9월 6일부터 13일까지 『조선일보』에 「미전 감상기」를 발표합니다. 당시 매체 발간의 속도를 고려하면 거의 동시에 이뤄졌다고 봐도 무방하겠죠. 그는 동양화부에서 서양화부까지 다수의 작품을 보고 난 후 비평을 적었습니다. 최대한 많은 작가를 언급하려는 것인지 굉장히 많은 작품을 이야기합니다. 그런데 이 비평문은 내용도 내용이지만, 첫 시작을 눈여겨봐야 합니다. 전체 분량의 1/4가량을 할애하면서 조선미술전람회의 체계에 대해 언급하기 때문입니다.

어느 나라건 정부에서 주도하는 국전은 그 권위성을 갖게 마련입니다. 조선에서도 선전은 국전으로의 권위를 가진 전람회였습니다. 하지만 여기서 말하는 우리의 정부는 조선이 아닌 일본이었기 때문에 외국에서 유학하고 돌아온 부유한 엘리트의 경우 선전에 불참하며 거부감을 드러내기도 합니다. 하지만 유학을 갈 수도 없고 인맥도 없었던 일반 화가 지망생들에게 선전은 화가가 될 수 있는 유일한 방법이었습니다. 동인들에 의해 운영되는 협전보다 들어가는 문턱도 낮았을 뿐더러 그 권위도 높아 이른바 돈 없고 빽 없는 화가 지망생들의 희망이 됐습니다. 그런 점에서 '선전' 출신 작가들이 친일의 성향을 갖고 있는가에 대한 의문은 갖지 않아도 됩니다. 일본인 심사위원들에 의해 심사가 이뤄졌기 때문에 그들의 입맛에 맞는 작품들을 창작해낼 수밖에 없었던 '향토색 논란'이라는 문제가 있긴 하지만, 그건 우리 내부에서 고민해야 했던 '조선색이란 무엇인가?'의 연장선이기도 했기에 선전만의 문제라고 할 수는 없을 것입니다.

그래서인지 안석주가 가장 관심을 보인 부분은 선전에 출품된 작품 수였습니다. 그는 우리 화단이 활기를 띠기 위해서는 많은 화가가 배출되고 작품 활동도 활발해야 한다고 생각했나 봅니다. 그런데 선전에 출품한 작품 수가 줄어들고 있어 그 현실을 안타까워하고 있었던 것입니다.

심훈 역시 안석주가 관람하고 비평문을 작성했던 선전을 보고 잡지 『신민』에 글을 발표합니다. 안석주는 전람회가 막을 내리자마자 매일 발간되는 신문에 회차를 나눠 발표하면서 최대한 많은 작가의 작품을 열거해 현장감을 살렸습니다. 반면 심훈은 몇 달이 지난 뒤 잡지라는 매체에 글을 실음으로써 깊은 인상을 받은 몇 개 작품만을 심도 있게 다룹니다. 때문에 안석주에 비해 현장감은 떨어지지만, 작품마다 깊이 있는 감상의 내용을 남겼다는 차이점을 가집니다. 그는 자신을 비평가도 미술가도 아니라고 소개하면서 조심스럽게 말을 꺼냅니다. 시작부터 선전의 불공정함을 먼저 피력했던 안석주와는 사뭇 다른 행보죠.

그럼으로 여러분은 내가 미술가인가 비평가인가를 알려고 애쓸 필요가 없다. 더구나 이 글에서 내가 취取할 태도態度는 미술가나 비평가로서가 아님에랴.

- 심훈, 「미전 화랑에서」, 『신민』 1929년 11월.

　심훈은 자신이 미술비평을 하는 것에 대해 굉장히 조심스러워하고 있는데요. 그도 그럴 것이 이 글이 그의 첫 미술비평문이기 때문입니다. 미술가나 비평가도 아닌 감상자의 입장으로 글을 풀어가겠다며 선전 포고를 하고 있습니다. 자신의 감상 위주로 이야기를 전개할 것이란 뜻이겠죠.

　글의 도입 부분만 봐도 둘이 추구하는 방향이 무엇인지 알 수 있습니다. 안석주가 글을 통해 출품 수가 줄어드는 현실을 개탄하고 선전의 제도를 통해 화가들을 각성하려고 했다면, 심훈은 글 자체의 내용에 초점을 맞췄습니다. 그래서인지 심훈의 비평문은 자신의 감상이 주가 됩니다. 작품을 보고 느낀 점을 위주로 작품 내용을 설명하고자 합니다. 특히 그는 이번 선전에서 특선을 차지한 이영일보다 노수현의 작품을 우수한 작품으로 뽑습니다. 그에 대해 다음과 같이 표현합니다.

　　노수현盧壽鉉 씨의 '귀목歸牧'이 나의 가슴에 그윽하게 울리는 것이었다. 노 씨의 작품에는 언제나 종교宗敎와 시詩가 있기 때문이다. 우리 인류人類의 생활生活과 자연自然과를 한가지 조화調和하고 있는 까닭이다. 나는 귀목에서 나(인생人生)의 고향故鄕을 생각할 수가 있었다.

　노수현의 작품이 그려내는 풍경을 자세히 묘사하고 그 안에서 '종교와 시'를 발견한 그는 자신의 '인생의 고향'을 떠올립니다. 작품의 내용을 통해 감상자의 경험과 연결되는 감상은 작품 내용의 확장이라고 볼 수 있습니다. 하지만 안석주는 내용 자체보단 그 그림의 형식을 먼저 봅니다. 때문에 개인의 경험과 연결해 감상을 풀어놓게 되는 심훈과 달리 안석주는 그림의 형식 자체에 머무르게 됩니다. 그래서인지 안석주는 작품 자체에서 깊은 감명을 받은 심훈과는 다르게 노수현의 작품에 대해 혹평을 쏟아놓습니다. 그 이유는 다른 선배 동양화가인 이상범의 필치와 너무 비슷하기 때문입니다.

> 노수현盧壽鉉 씨는 미전美展 초기初期보다도 최고속도最高速度의 추락墜落임에 놀라지 아니치 못했다.
> 그리고 이번에 것은 이상범李象範 씨의 필치筆致에 근사近似함에 한겹 더 놀랐다. 씨氏에게는 다른 사람보담도 몇 배倍의 노력勞力이 있지 않으면 미전당美展黨에서도 몰락沒落에 이르리라고 하지 않을까?
> - 안석주, 「미전 인상」, 『조선일보』, 1929년 9월 6일~13일.

안석주는 노수현이 자신만의 필치를 찾으려는 노력이 없다면 미전당, 그러니까 선전 심사위원들도 몰락이라고 할 것이라 우려하며 노수현 자신만의 형식을 찾으라고 권합니다. 심훈과 노수현의 차이점이 보이나요? 자신의 감상을 주로 이야기하는 심훈, 그리고 그림의 형식과 앞으로 나아가야 할 방향을 제시하는 안석주. 두 사람은 노수현의 작품뿐 아니라 다른 작품들을 대할 때도 이와 비슷한 태도를 견지합니다. 그림의 내용에 집중해 그에 따른 감상을 상세하게 적으려 했던 심훈과 최대한 많은 화가의 작품을 짧게라도 비판하고 나아갈 방향을 제시하는 안석주의 비평 방식은 차이점을 가질 수밖에 없습니다.

그렇다면 두 사람의 비평문이 이런 차이점을 갖는 이유는 무엇일까요? 그것은 비평에 임하는 목적 자체가 다름에 있습니다. 심훈이 독자들에게 작품의 내용을 자신의 감상안과 연결지어 드러내고자 했다면, 안석주는 그림의 형식을 주로 화가들에게 나아갈 방향을 제시하는 데 열중하는 것입니다.

이런 현상은 심훈과 안석주에게서만 보이는 특징은 아닙니다. 비슷한 시기에 전시회를 보고 각각 전람회평을 썼던 이광수와 이종우, 이태준과 윤희순 역시 문인과 화가라는 직업 차이에서 온 시각 차이를 보이고 있다는 공통의 특징이 있습니다. 앞서 김종태가 지적했던 것처럼 '문학적으로 제멋대로 해석한다'는 비판이 틀린 말은 아닌 것이죠. 하지만 화가들이 제시하지 못한 시각을 그려냈다는 점에서 이 또한 문인이 쓴 비평문의 장점이 될 수 있습니다.

화가를 대상으로 하는 화가들의 비평문은 독자들에게 불친절한 글일 뿐 아니라 그 내용도 생략이 많아 당사자가 아니면 알 수 없는 내용이 많았습니다. 대신 전문가만 볼 수 있는 형식적 부분을 언급해 화가들에게는 유용한 비평문이 됐죠. 반면 문인들은 자신들의 감상을 중심으로 비평을 전개하다보니 감상적 내용으로 치우칠 수밖에 없었습니다. 심훈이 쓴 내용을 보면 이런 사실을 확인할 수 있습니다.

오오 영원의 동경憧憬! 영원의 사랑! 그것은 무한이 아름다웁다. 물론勿論 이상의 것은 작품에 대한 나의 감수력感受力, 상상력에 의依한 것이다. 그럼으로 작가 자신이 반드시 그것을 의식하고 있는 것이라고 할 수는 없다. 나는 작자가 의식하지 못한 것이라도 나의 감각과 연상작용聯想作用에 의하야 얼마든지 작품을 통하여 찾아서 보고 싶다. 실로 그것은 나의 자유다.

심훈은 이와 같은 평이 자신만의 감수력이자 상상력에 의한 것이라 말합니다. 그것이 자신의 자유라고 말하는 것은 감상자로서의 독립성을 이야기하는 것과 같습니다. 이것은 사소한 것 같지만 사실 굉장히 중요한 부분이기도 합니다. 비평문에서 독자를 제외할 수는 없기 때문입니다. 감상자가 없는 작품은 있을 수 없습니다. 독자가 없는 글도 있을 수 없죠. 문인들의 비평문은 화가들이 잡아내지 못한 독자의 영역까지 미술의 외연을 확장하게 만들었습니다.

그리고 이런 시각의 중요성에 대해 언급한 사람이 있으니 바로 이경성입니다. 이경성은 우리의 미술비평에 대한 정의를 시도하며 우리 미술비평이 문학과 미술의 중간 지대에서 시간을 견뎌왔다고 말합니다. 문인들의 비평을 염두에 둔 말이겠죠. 그는 우리 미술비평이 나아갈 방향을 제시하며 기술비평과 문명비평의 적절한 조화에 대해 이야기합니다.

> 미술비평美術批評은 필요必要에 따라 기술비평技術批評과 문명비평文明批評
> 을 병용倂用한다. 이 문제問題는 미술비평美術批評의 기능機能 또는 미술
> 평론가美術評論家의 사회적 위치社會的位置와도 긴밀緊密한 연관성聯關性을
> 갖고 있다. 즉 평론가評論家가 미술가美術家의 변호사辯護士 역할役割을 담
> 당擔當하느냐 대중大衆의 대변인代辯人이 되느냐는 것에 따라 해답解答
> 의 초점焦點이 달라진다는 것이다.
> – 이경성, 「미술비평론」, 『동아일보』, 1956년 12월 8일~9일.

그에 따르면 기술비평과 문평비평은 미술가의 변호사 역할
을 하느냐, 대중의 대변인이 되느냐에 초점을 달리한다고 합
니다. 여기서 기술비평은 미술가에게, 문명비평은 대중에게
해당되겠죠? 말 그대로 형식적이거나 작품 외적인 점을 연결
하는 것은 기술비평이고 작품 내용이나 서사적 부분을 건드
려 대중과 연결되는 것이 문명비평입니다. 그리고 더 말할 것
도 없이 훌륭한 미술비평문이 되기 위해서는 이 두 가지 시각
이 적절한 조화를 이뤄야 합니다. 화가들이 미술비평에 뛰어
들던 시절, 문인들이 문명비평으로의 시각을 제시했기 때문에
1950년대 이경성과 같은 전문 비평가가 탄생할 수 있었던 것
은 아닐까요.

미술을 사랑했던, 문학을 사랑했던

　지금까지 우리는 문인들의 미술비평 활동에 대해 간략하게 살펴봤습니다. 장황하게 이야기를 나눴지만, 사실 문인들이 미술비평문을 작성하게 된 이유는 간단합니다. 미술비평문이 미술의 내용을 담고 있어도 글로 표현되는 비평문의 특성상 글을 쓰는 사람에게 유리했다는 점, 그리고 문인들이 새로운 시대의 미술을 열렬히 사랑했다는 것. 상기하자면 처음부터 계속 깔고 가는 전제는 문학과 미술의 '친연성'입니다. 문학과 미술이 가진 장르의 특성이 문인과 화가들을 서로 끌어당기게 하지 않았나 생각해봅니다.

　근대 문학과 미술이 시작된 이후 문인들은 끊임없이 미술비평문을 작성합니다. 미술에 대한 사랑의 표현이었을 것입니다. 이광수로부터 시작된 미술비평은 이후 더 많은 문인에게 퍼져 나갑니다. 그런데 김관호에게 하트를 날렸던 문인은 이광수뿐이 아니었습니다. 그에게 더욱 열렬히 구애했던 사람은 바로 금동 김동인金東仁, 1900~1951이었습니다.

　김동인은 자기 자신을 사랑한 소설가로도 유명합니다. 자기애와 자신감으로 가득 찼던 그는 종종 자만심으로 똘똘 뭉친 사람으로 비쳐지기도 하죠. 복녀의 탄생을 알렸던 소설 「감자」와 불타오르는 천재 음악가의 이야기인 「광염 소나타」등 지금 읽어도 전혀 촌스럽지 않은, 시대를 뛰어넘는 소설을 쓴 장본인이기도 합니다. 자신만만했던 만큼 실력도 좋았던 소설가였지요. 처음 공부하기 위해 일본에 갔을 때에는 문학을 공부할 생각이 아니었다고 합니다. 그런데 친구인 주요섭이 문학하는 것을 보고, 새로운 뭔가에 대한 열망으로 문학을 시작했다고 합니다. 그리고 일본에서 유학을 마치고 돌아온 김동인은 자신의 명성을 쌓기 위해 야심찬 계획을 세웁니다. 바로 일본에서 공부하며 마주했던 유명한 잡지 『명성』에 버금가는 잡지를 만드는 것입니다. 참고로 『명성』은 일본 최고의 화가와 문인이 만나 만든 잡지였습니다.

여기서 물음표를 하나 찍어보겠습니다. 왜 하필이면 잡지였을까요? 인터넷이 발달한 시대를 사는 우리에게 잡지라는 것이 엄청난 매체로 느껴지지는 않습니다. 하지만 우리가 다루는 근대의 시기에 신문이나 잡지는 세상과 세상을 잇는 가장 중요한 매체였습니다. 독자의 등장도 매체의 발달로 가능하게 됐듯이 말이죠. 그런 의미에서 신문과 잡지는 작품과 독자를 잇는 가장 강력한 매개체의 역할을 해내게 됩니다.

신문과 잡지가 새로움을 알리는 일을 한다는 거시적인 점은 비슷하지만, 그 세부적 성격은 매우 다릅니다. 신문은 매일 찍어 나가고 불특정 다수의 대중을 대상으로 삼았습니다. 새로운 소식을 최대한 빠르게, 그리고 많은 독자에게 알리는 것을 그 목적으로 하기 때문이었습니다. 그러니까 문학이나 미술이라는 생소한 학문을 전공하는 사람들이 아니라 우리네 삶을 살아가는 다양한 일반인을 대상으로 했다는 것이죠. 그래서 신문에는 이런 '대중'을 위한 글이 실렸습니다. 이른바 '대중 소설' 혹은 '통속 소설'이라 함은 신문에 연재되는 소설들을 가리키는 것이 일반적이죠. 그러다보니 사회의 심오한 현상을 다루기보단 즐거움이 주가 되는 내용을 다루게 됐습니다. 형식도 너무 새로운 실험보단 기존의 방식에서 크게 벗어나지 않는 안정적인 것을 사용하게 됩니다. 무게로 보면 조금 가벼운 편에 속해야 했습니다.

그런데 잡지는 다릅니다. 우선 불특정 다수를 대상으로 선정하지 않습니다. 대부분 같은 성향을 가진 동인들이 모여 만들기 때문에 비슷한 취향을 가진 문학 독자들을 대상으로 합니다. 당시 고등교육까지 받은 사람들이 얼마 없었던 것을 감안하면 동인지의 대상은 지식인층으로 한정한 것이 타당합니다. 그래서 잡지에 있는 문학 작품들은 다소 실험적이고 어려운 내용의 전위적 형식을 한 경우가 많습니다.

그래서인지 자기만의 문학을 하고 싶었던 문인들은 너도나도 잡지를 만들기 시작하고 문화 통치로 전환한 1920년대부터 수많은 잡지가 쏟아져 나옵니다. 물론 1910년대에 잡지가 없었던 것은 아닙니다. 이광수와 쌍벽을 이루는 최남선도 여러 차례에 걸쳐 잡지를 창간했습니다. 엄청나게 부자였던 최남선이기 때문에 가능한 일이었는데요. 일본에서 기계를 사와서 직접 잡지를 찍어냈다고 합니다. 자신만의 새로운 문학을 하고 싶어서였죠. 그래서 그 유명한 신체시 「해에게서 소년에게」가 발표될 수 있었습니다. 당시로서는 굉장히 파격적인 시였습니다. 이런 시는 신문에 싣기 어려웠겠죠. 게다가 신문에 연재하기 위해서는 관계자들의 합의도 필요했으니 자존심 강한 당시의 문인들에게 쉽지 않은 일이었을 것입니다. 그래서 최남선은 자신이 『소년』이라는 잡지를 만들어 그 창간호에 시를 발표했고, 결과적으로 '신체시'라는 새로운 장르를 개척하게 됩니다. 이후 문화 통치로 전환되면서 매체를 발간하는 것이 수월해진 후 자신만의 문학을 하고 싶었던 문인들에 의해 다양한 잡지가 발간되기 시작한 것입니다.

그런데 이런 잡지는 문인들 혼자 만들고 기획할 수 있는 것이 아니었습니다. 지금이야 시각 디자이너가 있어 표지도 만들고 책의 전반적 디자인도 손보지만, 당시에는 그런 디자이너들이 없었죠. 그래서 화가들이 함께해야 했습니다. 여기에서는 구분을 위해 화가라고 하지만 당시 화가들은 그림도 그리고 글도 썼기에 작가라고 하는 편이 옳겠습니다. 그래서 당시 작가들은 문인이나 화가의 구분 없이 함께 잡지를 만들었습니다. 최남선이 1914년에 만든 잡지 『소년』의 표지에는 한 청년이 늠름한 호랑이를 끌고 가는 그림이 그려졌습니다. 이는 고희동이 맡은 것입니다. 당시 가장 첨단의 문학과 미술의 만남이었다고도 볼 수 있겠네요. 고희동은 이후 1920년에 『동아일보』 창간호의 디자인을 맡기도 합니다.

이런 분위기 속에서 김동인 역시 자신만의 잡지를 기획하게 됩니다. 통속 작품이 아닌 자기만의 작품을 눈치 보지 않고 실을 수 있을 잡지 말입니다. 그런데 김동인 성격상 가장 완벽한 잡지를 만들어야 했을 것입니다. 그래서 그는 조선 최고의 화가로 인정받는 김관호가 표지화를 그려주길 바랍니다. 이미 동경 유학생활에서부터 유명했던 김관호에 대한 소식을 미리 들은바 있는 후배 김동인은 김관호에게 이런 작업에 대해 여러 번 제안했나 봅니다. 하지만 앞서 말했던 것처럼 김관호는 그림 그리는 것에 시들해진 뒤였습니다. 1919년 2월 8일에 발간된 최초의 순문학지『창조』에 김관호를 초빙하고 싶었던 김동인의 계획은 어긋나고 말았죠. 하지만 김관호의 아성을 포기하지 못했던 그는 결국 10호부터는 김관호가 참여해 그림을 그려주겠다는 약속을 받아내고 맙니다. 9호 마무리 인사에 "김관호 군이 함께하게 됐다."며 기쁜 마음을 감추지 못하는데 아쉽게도『창조』는 9호를 마지막으로 폐간되고 맙니다.

　폐간됐다고는 하지만,『창조』는 여러모로 우리 문학사에 중요한 잡지입니다. 사실 당시 잡지들은 쉽게 창간된 만큼 쉽게 폐간되기도 했습니다. 일제의 검열에 의해서이기도 했지만, 재정적 이유에서도 그러했습니다. 이런 분위기상 잡지는 장편 소설보단 단편 소설을 선호하게 됩니다. 언제 폐간될지도 모르지만, 또 다음 호가 언제 나올지도 모르기 때문에 한 권에 끝날 수 있는 소설을 선호했던 것이죠. 그래서인지 우리의 문단은 지금까지도 '단편 소설'이 주도하고 있습니다. 웬만한 문학상의 대상이 단편 소설인 것만 봐도 그러하죠.

『창조』가 중요한 만큼 김동인도 우리 문학사에 굉장히 중요한 인물입니다. 창간호에 실린 작품 목록만 봐도 그렇습니다. 최초의 자유시라고 일컬어지는 주요한의 〈불노리〉와 김동인이 스스로 단편 소설의 장을 열었다고 일컫는 「약한 자의 슬픔」 등이 실렸습니다. 콧대가 엄청 높았던 김동인의 이유 있는 이유였던 것이죠. 이런 잡지를 김관호라는 천재 화가를 영입해 완성도를 높이고 싶었던 김동인의 꿈도 이해가 됩니다.

그런 『창조』에 김관호의 이름을 올리지 못한 것은 안타깝지만, 그렇다고 김동인의 꿈이 완전히 좌절된 것은 아니었습니다. 김동인이 1924년에 창간한 잡지 『영대』에 김관호가 속지 정도의 그림을 맡았기 때문이죠. 여전히 표지화를 그리며 전면으로 나서지는 않았지만, 함께 참여했다는 것 정도로 그 바람이 달래졌을 거라 생각해봅니다.

그런데 여기서 또 궁금증이 생깁니다. 그럼 『창조』나 『영대』의 표지화는 누가 그렸을까요? 김관호의 빈자리를 누군가는 채웠을 텐데 김동인의 높은 안목을 만족시키면서도 김관호와는 다른 누군가가 있어야 했을 것이기 때문입니다. 여기서 우리는 한 번 언급했던 이름을 만나게 됩니다. 바로 3호 서양화가로 알려진 유방 김찬영金瓚泳, 1889~1960입니다. 우리 문학사에도 가끔 보이는 이름인 '김유방'은 바로 화가이자 문인이었던 김찬영을 말하는 것입니다.

김동인과 김관호, 그리고 김찬영은 모두 평양 출신이며 셋 다 부호의 자제들로 마음껏 공부하고 누릴 수 있었습니다. 그들이 얼마나 부자였는지 '전설적 부호'라는 수식어가 붙기도 합니다. 김찬영은 김관호에 이어 동경미술학교를 졸업한 세 번째 조선인으로 학업을 마치고 조선으로 귀국합니다. 하지만 김찬영 역시 앞섰던 화가 선배들처럼 졸업 이후 미술 작업을 이어가지 않았습니다. 대신 그가 열중했던 분야가 있으니 그것이 바로 '문학'이었습니다.

　최남선의 잡지 『청춘』을 통해 등단한 최초의 여성 소설가 김명순의 연인이었던 것으로도 알려진 김찬영은 조선에 들어와 김동인과 함께 『창조』를 꾸려 갑니다. 『창조』 8호와 9호의 표지화를 그린 김찬영은 이후 김동인과 『영대』의 창간호 표지화도 그리는 등 문학에 대한 애정을 아낌없이 표현합니다. 문학에 대한 이해도와 미술에 대한 깊이를 갖췄던 김찬영은 이후 연구자들에 의해 '예술성을 담보로 한 표지화'를 그렸다는 평가를 받습니다. 단순히 책의 겉표지로 바라본 것이 아니라 글과 어우러지는 하나의 작품으로 생각하고 작업을 이어갔던 것이죠.

　게다가 그는 단순히 그림만 그린 것이 아니었습니다. 김동인과 염상섭이 한 바탕 설전을 벌였던 '비평가의 역할' 논쟁에도 참여하게 됩니다. 아직 소설가로 정식 데뷔하기 이전에 사회부 기자였던 염상섭은 작품에서 창작가의 역할만큼 비평가의 역할도 중요하다고 여겼습니다. 창작가보다 비평가를 높이 평가했다는 것은 아니지만, 작가를 떠난 작품은 비평가에 의해 평가받아야 한다는 입장이었습니다. 그래서 비평문에는 그런 작가나 작품에 대한 판단이 들어가야 한다는 것입니다. 그런데 김동인은 이에 동의하지 않았습니다. 자신이 소설가이기도 했지만, 소설 자체의 힘을 자신했던 김동인은 염상섭의 이런 의견에 반박하며 논쟁을 펼칩니다. 소설가가 작품에서 가진 영향력이 지배적인데 이것을 비평가가 판단할 필요도 자격도 없다는 것입니다. 이것이 그 유명한 '변사-판사' 논쟁입니다.

김동인은 비평가가 이야기를 소개해주는 변사 정도의 역할에 머물러야 한다고 주장한 반면, 염상섭은 비평가가 판사가 돼 작품과 작가를 판단해야 한다고 주장합니다. 당시 변사는 무성 영화에서 장면을 설명해주거나 대사를 대신 해주기도 했죠. 말 그대로 극 흐름의 보조 역할 정도였습니다. 김동인이 생각하는 비평가의 역할은 딱 그 정도였습니다. 반면 염상섭은 비평가가 작품과 작가에 대한 판결을 내려야 한다고 생각했던 것이죠. 어떤가요? 두 사람의 예술관을 들여다볼 수 있는 부분이기도 하지 않나요?

자신만의 세계를 창조해 그 안에 인물들을 작가의 뜻대로 움직였던 '인형 조종설'을 주창한 김동인은 비평가가 자신의 작품에 대해 이렇다 저렇다 판단하는 것을 마뜩잖아 했을 것입니다. 반면 있는 세계를 그대로 작품에 담고자 했던 염상섭은 비평가에 의해 평가를 받아야 한다고 했을 것입니다. 두 사람의 주장은 모두 다 그럴듯합니다. 틀린 말이 아니라는 것입니다. 끝나지 않을 것 같은 이 논쟁에 김찬영은 변사도 판사도 아닌 중립설을 제기하면서 비평가의 창작력에 대한 가능성을 이야기합니다. 비평도 하나의 창작품으로 대해야 한다는 것이 그의 논지였습니다. 이로써 논쟁이 마무리됩니다.

사족이지만 염상섭은 김동인과의 논쟁 이후 『개벽』을 통해 「표본실의 청개구리」란 작품을 발표하게 됩니다. 놀라운 점은 김동인 역시 염상섭의 소설을 읽고 "햄릿^{햄릿}의 출현"이라며 극찬했다는 것입니다. 상대를 비판하는 것에 능했던 김동인이지만, 또 그를 인정하는데도 능했던 작가였습니다. 그리고 한참이 지나고 나서는 「발가락이 닮았다」로 또 다른 논쟁이 붙지요. 이 소설의 모델이 염상섭이냐 아니냐를 갖고 한동안 문단을 떠들썩하게 만들었던 사건입니다. 김동인과 염상섭의 끈질긴 인연이 참 인상적입니다.

다시 김찬영으로 돌아오면 김찬영의 이런 문학에 대한 관심은 그가 김억의 번역 시집 『오뇌의 무도』 표지화를 그리고 장정을 도맡았던 것에서도 찾을 수 있습니다. 당시 이 시집이 가진 파급력이 얼마나 컸는지 이광수는 당시 문인들의 시를 보고 '오뇌의 무도화'가 됐다고 언급하기도 합니다.[5] 우리나라 최초의 번역 시집이기도 했지만, 번역을 통해 새롭게 등장한 어휘와 낭만 분위기에 젊은 문학도들이 취했던 것이죠.

김찬영도 어디에서도 본 적 없었던 세계를 그려낸 이 시집에 매료됐던 것이 분명합니다. 시집에 실린 시들의 분위기에 취해 양귀비꽃을 전면에 그려 넣은 그는 음악과 미술과 글이 함께 어우러지는 표지를 만들어냅니다. 그런데 주목할 점은 그는 표지화만 그린 것이 아니라 안에 삽입된 「축시」도 직접 썼다는 것입니다. 문학에 대한 애정도가 얼마나 높은지 알 수 있는 부분입니다.

> 모든 사람의 영靈은 오직
> 깊은 잠에서 깨지 아니 하리라
> 육체는 그 위에서 방황하여라.
> - 김찬영, 「축시」, 『오뇌의 무도』, 첫 부분.

이광수는 김찬영의 시에서 '유미주의'와 '악마주의'를 읽어내기도 합니다. 이는 그가 동경미술학교를 졸업하며 그린 자신의 자화상에서도 드러나는 특징입니다. 우울과 어둠 속에 피어나는 아름다움을 그려내고자 했던 그의 예술 세계가 글에도 드러난 것입니다. 김관호의 빈자리를 대신해서라도 김동인과 함께 문학 세계에 있고자 했던 그는 화가보다 문인이 되고 싶었던 것은 아니었을까요? 그럼에도 그가 남긴 자화상은 너무나 강렬해 많은 이의 마음에 깊이 박히는데요. 계속 서양화 작업을 이어갔다면 어떤 작품 세계를 구성했을지 궁금해지기도 합니다.

문인이자 화가였던 작가들

지금까지 조금은 빠른 보폭으로 근대 미술사의 시작점에 있었던 일들을 살펴봤습니다. 서로의 자리에서 애틋한 눈으로 쳐다보게 된 문학과 미술이 서로의 영역을 함께 공유하며 한 걸음 나아가는 모습들이었습니다. 그런데 이런 와중에 문학과 미술의 두 영역에서 모두를 훌륭하게 수행해낸 작가들이 있습니다. '문인'이라든지 '화가'라는 직군의 이름을 굳이 댈 필요가 있을까라는 의문이 들 정도로 두 영역에서 활발하게 활동한 작가들입니다. 지금부터 이런 활동으로 대표되는 두 작가를 만나보려고 합니다.

그 첫 번째 작가는 최초의 여성 화가로 유명한 나혜석羅蕙錫, 1896~1948입니다. 수원 인계동에는 '나혜석 거리'라는 곳이 조성돼 있기도 해서 '나혜석'이라는 이름은 이제 대중 사이에서도 낯선 이름이 아닙니다. 특히 젠더 문제가 이슈가 되는 요즘에는 나혜석을 재언급하고 재해석하려는 시도가 계속되기도 하죠. 유교적 관념이 서서히 무너지고 삼종지도의 틀에 갇혔던 여성들이 틀을 깨고 나오는 한가운데에 서 있었던 나혜석은 새로운 시대를 받아들이고 여성으로의 목소리를 냈던 신여성이었습니다. 많은 수의 글과 그림을 남겨 우리 문예사에 적지 않은 영향을 미쳤음에도 그간 스캔들로 더 주목받았던 나혜석을 '작가 나혜석'으로 다시 주목하려는 것입니다.

사실 나혜석을 둘러싼 이야기가 너무 흥미로워서 대중의 관심을 끄는 것도 어쩔 수 없습니다. 1910년대 일본에서 유학했던 나혜석은 최초의 여성 미술학도라는 타이틀만으로도 일본 유학생 사이에서 유명인이었습니다. 당시 유학생의 성비는 남성이 압도적으로 많았습니다. 그만큼 여성이 유학까지 하며 공부하기가 쉽지 않았던 시기였습니다. 나혜석 집안에도 이미 두 오빠가 유학을 갔기 때문에 가능했던 것이죠. 이런 환경이 조성되지 않았더라면 여성으로서 유학길을 밟을 수 있을 거란 상상도 하지 못했을 것입니다. 그만큼 여성에게 교육의 기회가 적었는데 그런 와중에 일본까지 와서 그것도 생소하기 짝이 없는 미술을 공부하는 여학생이라니 아마 많은 이의 이목을 끌었을 것입니다.

게다가 유학생들 사이에 천재라 기억되는 시인인 소월 최승구와 연인 관계였으니 많은 이의 이목을 사로잡았을 것입니다. 조혼으로 이미 부인이 있던 최승구와의 사랑, 그리고 최승구의 요절, 혼자 남은 나혜석. 이런 이야기는 두고두고 학생들의 입에 오르내리게 됩니다. 소설보다 더 소설 같은 나혜석의 삶이었기 때문이었습니다.

지금까지만 봐도 당시 보통의 여성들이 겪는 것과는 다른 삶이었다는 것을 알 수 있습니다. 그런데 진짜 사람들의 입에

오르내린 일련의 사건들은 아직 시작도 되지 않았습니다. 오빠의 친구이자 일본에서 법을 공부했던 김우영과의 결혼은 신문에 날 정도로 세간의 관심을 끌었습니다. 그 뒷이야기가 얼마나 큰 관심사였는지 염상섭廉想涉, 1897~1963은 나혜석의 이야기를 모델로 소설 「해바라기」를 집필하기도 합니다.

　일본 유학 당시 나혜석을 흠모하는 뭇 남성 중 한 명이었을 것이라고 거론되는 염상섭은 나혜석과의 친분으로 알게 된 결혼의 뒷이야기를 소설로 풀어냅니다. 아니 결혼과 관련된 이야기가 얼마나 특별하기에 소설의 소재가 될 정도였을까요? 자, 그럼 질문을 한 번 해보겠습니다. 여러분은 이제 막 결혼식을 마친 새신랑입니다. 그런데 신혼여행에 가면서 신부가 부탁을 하나 합니다. 바로 죽은 애인을 위한 묘비를 세워달라는 것입니다. 어떤가요. 들어줄 수 있나요?

　지금 시대의 마음으로 이해하려고 해도 선뜻 고개를 끄덕이기 어렵게 합니다. 그런데 나혜석은 김우영에게 최승구의 묘비를 세워주길 요구했고 김우영은 그것을 수락했다고 합니다. 염상섭은 이런 이슈를 놓치지 않고 모델 소설을 씁니다. 염상섭의 회고에 따르면 나혜석은 이 소설이 발표된 뒤에 힘들어했다고 합니다. 사람들의 입에 오르내리는 삶이 평탄치는 않았을 거란 생각이 듭니다.

　그렇다고 해도 염상섭이 소설 「해바라기」를 통해 여성 혐오를 드러냈다고 하는 김윤식의 분석[6]은 재고해볼 필요가 있어 보입니다. 소설 안에서 그려진 나혜석의 모습이 그렇게 혐오

스럽지 않기 때문입니다. 오히려 '신랑에게 죽은 전 애인의 묘비를 세워주는 것을 요구했다.'는 말을 들었을 때 들었던 거부감은 소설을 읽으며 어느 정도 납득이 가게 됩니다. 염상섭이 나혜석을 '타락한 신여성'으로 그려내지 않았다는 증거는 나혜석이 이런 부탁을 하게 된 계기와 그 안에서 겪는 갈등들을 섬세하게 드러낸다는 점에 있습니다. 마치 염상섭이 나혜석 대신 변명을 하고 있는 것처럼 느껴지기도 합니다. 게다가 소설이 발표된 뒤에도 나혜석과 염상섭의 관계는 우호적으로 계속 이어갔습니다. 나혜석이 염상섭의 소설집 『견우화』의 표지를 그린 것만 봐도 알 수 있습니다.

사실 염상섭이 나혜석을 비난하기 위해 글을 썼든지 아닌지는 중요하지 않습니다. 어쨌든 누군가에게 이야깃거리가 된다는 것이 유쾌한 경험은 아니었을 것입니다. 그런데 여기서 끝이 아닙니다. 나혜석은 결혼 이후에도 글과 그림을 발표하며 활발한 활동을 이어가는 와중에 남편 김우영과 함께 세계 일주에 오르게 됩니다. 김우영에게 주어진 포상 같은 것이었는데요. 부부가 세계 일주를 하게 된 일은 당시 신문에 날 정도로 큰 사건이었습니다. 뭐만 하면 신문에 나는 것을 보니 당시 나혜석은 연예인 급의 삶을 살았던 것 같습니다.

세계 일주를 하며 여행에 관련된 글을 써서 발표하고 여행지의 그림을 그리면서 그는 인생 최고의 전성기를 맞이하게 됩니다. 자유분방한 성격의 나혜석에게 유럽에서의 삶은 행복 그 자체였습니다. 긴 머리를 싹둑 자르고 자유로운 복장을 입고 찍은 당시 그의 사진을 통해 그런 행복이 느껴지기도 합니다. 그런데 프랑스에서 만난 최린과의 만남은 화려하기만 했던 그 삶을 무너트리기 시작합니다. 민족 대표 33인이기도 했던 최린이 프랑스에 방문하고 당시 그곳에 머물던 조선인들과 모임을 가지면서 나혜석도 만나게 됩니다. 둘은 프랑스에서 불륜의 관계를 맺게 되고 조선으로 귀국 이후 이 사건이 수면 위로 올라오게 됩니다. 결국 김우영과 나혜석은 이혼하고 삼천리에 그 유명한 〈이혼 고백장〉을 발표합니다. 나혜석은 추락하는 와중에도 그림으로 문부성 전람회에서 특선을 수상하는 등 화가로서의 반짝였던 면모를 보입니다.

사랑과 불륜이라는 스캔들 속에 화려했던 삶을 살았지만, 말년이 비참했던 나혜석의 삶은 너무나 강렬해 사람들의 이목을 사로잡았습니다. 대중이 이런 이야기에 관심을 보이는 것도 당연합니다. 하지만 나혜석이 가진 '진짜' 힘은 작품에서 나옵니다. 우리나라 최초의 여성 화가라는 타이틀을 단 나혜석은 굳이 '여성'이라는 수식어를 붙이지 않아도 될 역량을 가졌습니다.

특히 잘 알려지지 않은 사실 중에 하나는 나혜석이 소설가였다는 것입니다. 김동인보다 먼저 문단에 등단한 선배 문인이었습니다. 김동인이 1919년 잡지 『창조』를 발간하며 그 안에 「약한 자의 슬픔」이라는 소설로 등장합니다. 나혜석은 그보다 1년이나 앞선 1918년에 『여자계』에 소설 「경희」를 발표합니다. 문학사에서 흔히 최초의 근대 단편 소설을 쓴, 단편 소설의 선구자라고 언급되는 김동인의 소설보다 시기적으로 앞서기도 했지만, 그 내용이 세련되고 구성도 탄탄해 근대적 단편 소설에 가까운 것이 아니냐는 평도 있습니다.

> 계집애가 공부는 그렇게 해서 무엇해? 그만치 알았으면 고만이지, 일본은 누가 또 보내기는 하구? 이번에는 상관없지. 기어이 그 혼인하고 해야지. 내일 또 한 번 불러다가 안 듣거든 또 물을 것 없이 곧 해버려야지.

소설 「경희」에서 경희의 아버지 이철원의 대사입니다. 일본에서 공부하던 경희를 시집보내야겠다는 아버지와 공부가 끝나기 전에는 결혼하지 않겠다는 경희의 갈등이 드러나는 부분입니다. 어딘가 익숙한 이야기죠? 맞습니다. 이 소설은 시대를 앞서가는 삶을 살 수밖에 없었던 나혜석의 자전적 이야기를 담고 있습니다.

그런데 문학사에서 나혜석의 소설은 그렇게 심도 있게 다루지 않습니다. 그저 '여류 소설'의 한 부류로 소개되기 일쑤죠. 그래서 우리는 나혜석이 화가였다는 사실은 알지만, 당대 문단을 이끄는 작가들 사이에서 밀리지 않는 문인이었다는 사실은 잘 모릅니다. 게다가 발굴되지 않는 나혜석의 소설 「부부」는 그 창작 연도를 1916년으로 잡고 있어 만약 발굴된다면 최초의 여성 소설이라고 여겨지는 김명순의 「의심의 소녀」보다 1년 앞선 최초의 여성 소설이 됩니다.

이외에도 나혜석은 시와 수필 등 작품을 창작하며 문인으로의 활동도 계속 이어갑니다. 물론 화가로서의 길도 소홀히 하지 않았습니다. 이혼 후 여자 학사를 세우려다 실패한 후 계속 몸이 안 좋아지는 상황에서도 선전에 꾸준히 작품을 출품해 입상하는가 하면 일본 국전에서 특선을 받아 대서특필되는 영광을 얻기도 합니다. 하지만 무너지는 건강 앞에 나혜석의 작품 활동 역시 무너지고 말았습니다. 이혼 후 사랑하는 아이들을 만나지 못하고, 곁을 지켜주는 가족들도 없이 무연고자로 쓸쓸하게 죽음을 맞이합니다. 한 시대를 풍미했던 작가인데 그 마지막은 쓸쓸하기만 하네요.

　나혜석이 문학사에도 의미 있는 문인이었다는 사실이 많이 알려지지 않은 이유는 남성 위주의 문학사에 여성으로서 소외됐던 점도 있지만, 그가 화가였다는 사실이 너무나 강렬했던 것에 있기도 합니다. 그 시절 문인과 화가들이 서로에게 영향을 주고받으며 함께 작품 활동을 이어가는 것에 비해 후대의 우리는 서로를 그렇게 중요하게 여기지 않기 때문입니다.

　이런 작가는 또 있습니다. 바로 우리 문학사에 굵직한 선을 그은 작가 이상李箱, 1910~1937이 그렇습니다. 이상의 작품은 너무나 유명합니다. 이상 이후의 초현실주의적 작품은 이상의 부록 현상에 지나지 않는다는 평을 받을 정도로 그는 유니크한 위치를 점하고 있습니다. 시에서 띄어쓰기를 없애 시각적 충격을 준 것에 부족해 잠꼬대를 늘어놓는 것 같은 말들을 정신 사납게 나열하는 그의 시는 한 번 보면 뇌리에 박혀 쉽게 사라지지 않습니다. 형식이나 내용이나 모두 예상을 뛰어넘기 때문입니다.

물론 지금에서야 이상의 작품에서 포스트-어떠한 모습을 발견하는 것이죠. 사실 당시에는 무슨 해괴한 소리냐며 대중에게 외면당하기도 했습니다. 소설가 이태준이 학예부장으로 있던 『조선중앙일보』에 그의 시 「오감도」를 연재할 때 독자들로부터 항의가 빗발쳐 주머니에 사표를 넣고 다녀야만 했다는 유명한 일화가 이를 뒷받침해줍니다. 같은 문인들도 이해하기 어려웠던 그의 시 세계를 대중이 이해해주길 기대하기란 어려운 일이었습니다. 그럼에도 그의 작품은 많은 이에게 매력적으로 작용했던 것 같습니다. 함께 어울리는 문인들의 모임이 형성되고 1930년대는 새로움을 추구하는 '모더니즘'이라는 것이 문단을 휩쓸게 됩니다.

그런데 나혜석과 마찬가지로 이상에게는 잘 알려지지 않은 특이한 이력이 있습니다. 바로 '미술가'로서의 이상입니다. 미술을 얼마나 사랑하고 담고 싶어 했는지 그의 이름의 비밀을 보면 알 수 있습니다. 김해경이라는 본명을 두고 '이상'이라는 필명으로 활동했던 이상의 이름이 왜 '이상'인지에 대해 그간 여러 학자가 논의를 거듭했습니다. 혹자는 '이상'한 세계를 그리고 있다 해서 '이상'이라는 필명이 붙여졌다고 합니다. 또 누군가는 '이상'의 세계를 지향하기 때문이라고 말하기도 합니다. 또 다른 누군가는 당시 건축가로 현장에 자주 나갔던 이상이 우리나라 '김씨'에 해당하는 일본어인 '김상'처럼 흔한

성씨인 '이씨'를 부르며 '이상'이 됐다고도 하죠. 마치 중국의 '왕서방'처럼 말입니다. 하지만 최근 한 연구자의 글이 지금까지의 논의와는 다른 새로운 가설을 제시하게 됩니다.

이상과 친구였던 구본웅의 후손인 구광모는 가족들의 회고를 종합해 이상의 '상'이 그의 미술 상자를 의미하는 '상'이라고 말합니다.[7] 미술 도구를 담았던 상자를 자신의 이름에 붙이겠다는 이상의 이야기를 구본웅이 가족들에게 전했다는 것이죠. 이것을 사실이라고 전제하면 김해경이었던 이상의 필명이 왜 '이상'이 됐는지 비밀이 풀립니다. 그리고 또 한 가지 그가 얼마나 미술을 사랑했는지에 대한 답도 얻을 수 있습니다.

화가였던 구본웅具本雄, 1906~1953과 그의 관계는 이런 그의 미술에 대한 사랑을 이해할 수 있게 하기도 합니다. 구본웅은 이상이 글을 쓰고 그림을 그릴 수 있게 한 가장 강력한 후원자이자 친구였습니다. 그 유명한 연인인 '금홍'이와의 관계도 구본웅과 요양차 내려간 온천에서 시작됐습니다. 이런 이상의 사랑 이야기는 이후 그의 소설 「봉별기」로 기록돼 세상에 나오기도 합니다.

그의 사랑 이야기가 나온 김에 이상의 사랑 이야기 몇 가지 더 언급해볼까요? 최근에는 이상이 소설가 최정희崔貞熙, 1912~1990에게 보낸 편지가 발굴돼 화제가 되기도 했습니다. 편지의 내용은 절절하고 또 아름답습니다. 최정희 덕분에 문학을 할 수 있었다는 이상은 최정희에게 거절당한 뒤에도 기다리겠다며 자신의 연정을 내비쳤습니다.

구본웅, 〈우인의 초상〉, 1935년, 국립현대미술관 소장.

구본웅이 그린 '이상'의 초상화다. 폐병으로 하얗다 못해 푸르른 낯빛
과 날카로운 눈매가 이상의 모습을 잘 표현했다. 파이프 담배는 구본웅
이 즐겨 피웠던 것으로 이상의 초상화에 자신의 이야기도 함께 담고자
했던, 이상을 향한 구본웅의 애정 어린 시각을 느낄 수 있다.

정희야, 이건 언제라도 좋다. 네가 백발이래도 좋고, 내일이래도 좋다. 만일 네 '마음'이 흐리고 어리석은 마음이 아니라 네 별보다도 더 또렷하고 하늘보다도 더 높은 네 아름다운 마음이 행여 날 찾거든 혹시 그러한 날이 오거든 너는 부디 내게로 와다오.

이상은 최정희가 다시 돌아온다면 그것이 당장 내일이라도 좋고, 백발이 된 한참 뒤의 일이어도 좋다고 말합니다. 순정이 느껴지는 부분이긴 하지만, 이상은 이렇게 길게 정희를 기다리진 않습니다. 또 다른 사랑을 만나게 되죠.

이상의 사랑 이야기 중에는 친구 정인택鄭人澤, 1909~1953과의 일화도 빼놓을 수 없죠. 소설 「환시기」의 내용이 되기도 하는 이 사랑 이야기는 이상과 까페 여급이었던 권영희가 서로에게 호감을 느끼면서 시작됩니다. 둘이 서로 진지하게 만났는지, 호감만 있었는지는 연구자들마다 말이 다르긴 하지만, 어쨌든 이상과 권영희의 사이에 정인택이 끼어듭니다. 정인택이 권영희에게 푹 빠져버린 것입니다. 소설 내용과 빗대어 본대면 정인택은 권영희를 만나기 위해 극단적 선택까지 했던 것 같습니다. 결국 둘은 결혼에 성공했고 이상은 그 결혼식에서 사회를 봐서 또 한 번 이슈가 됩니다.

남아 있는 결혼식 사진을 보면 정지용, 김동인 등의 문인들이 대거 참여한 것을 확인할 수 있습니다. 사회를 봤던 이상 역시 마찬가지죠. 그리고 눈에 띄는 이는 바로 박태원朴泰遠, 1910~1986입니다. 박태원 역시 자신의 짝을 만나 결혼하고 가정을 꾸립니다. 박태원의 결혼식에 문인과 화가들이 쓴 방명록이 화제가 돼 책으로 출간되기도 했죠. 친구들이 낙서하듯 방명록에 그린 그림들인데 장난기 가득 담고 있어 1930년대 친구들의 우정 역시 지금을 살아가는 친구들 사이의 우정과 크게 다르지 않다는 것을 알게 합니다.

어쨌든 박태원과 정인택은 각각 자신의 가정을 꾸리고 살아가다 전쟁이 터지고 둘 다 월북의 길에 오르게 됩니다. 차이점이 있다면 박태원은 가족들을 남한에 남겨 두었고 정인택은 함께 올라갔다는 것입니다. 하지만 정인택은 권영희와 그리 오래하지 못합니다. 병으로 정인택을 떠나보내고 홀로 남은 권영희에게 박태원은 결혼하자고 제안합니다. 결국 두 사람은 결혼했고, 권영희는 평생을 박태원 옆에서 그가 작품 활동을 마음껏 펼칠 수 있도록 내조했다고 합니다.

복잡했던 로맨스들이 뒤섞여 있습니다. 그런데 여기서 끝이 아닙니다. 이상의 마지막을 함께했던 여인은 위에서 언급한 금홍이도, 정희도, 권영희도 그 누구도 아니었습니다. 바로 이화여전 출신의 엘리트 신여성이었던 변동림卞東琳(金鄕岸), 1916~2004 이었습니다. 금홍과 헤어지고 잠깐씩 다른 여자를 만나던 이상은 변동림에게 한 눈에 반해 결혼식을 올리게 됩니다. 그간 만났던 여성과는 다른 분위기의 변동림에게서 어떤 뭔가를 발견했던 것 같습니다. 하지만 함께한 시간은 얼마 되지 않습니다. 결혼하고 4개월 뒤 이상은 홀연히 일본으로 떠나버리기 때문입니다. 그리고 그 뒤는 아시다시피 불령선인으로 체포

됐고 그때 폐병이 심해져 석방, 병사합니다. 이때 그 유명한 마지막 말을 남기는데요. 바로 "멜론이 먹고 싶어."이죠. 이상의 유언을 들은 것도 변동림이었습니다.

그런데 변동림 역시 우리 문예사에서 빼놓을 수 없는 중요한 인물입니다. 바로 화가 김환기金煥基, 1913~1974와 재혼해 그를 최고의 자리에까지 오를 수 있게 함께 한 아내이기 때문입니다. 재혼하며 변동림은 자신의 성을 버리고 김환기의 호였던 '향안'을 받아들여 '김향안'으로 개명합니다. 김환기가 프랑스로, 미국으로 가고자 할 때마다 김향안은 먼저 가서 터를 잡고 김환기가 작품 활동에만 전념할 수 있는 환경을 만들었습니다. 그뿐 아니라 김향안은 김환기가 사망한 이후 환기재단을 설립, 환기미술관과 환기미술상 등을 운영하며 김환기를 우리 근대 미술사에 길이 남깁니다. 김환기의 인생에서나 우리 미술사에서나 없어서는 안 될 중요한 인물인거죠.

그리고 여기에 구본웅의 이름이 다시 등장합니다. 근방에서 가장 유명한 부호의 아들로 태어난 구본웅은 태어나자마자 엄마를 잃고 유모의 손에서 자랍니다. 유모가 갓난쟁이던 구본웅을 댓돌 위에서 떨어뜨려 그의 척추에 문제가 생깁니다. 당시에 그런 사실을 알 턱이 없었던 사람들은 후에 아이의 등이 굽는 걸 보고 뭔가 잘못됐다는 것을 알아차리지만, 되돌리기에는 이미 늦었죠. 그래서 구본웅은 꼽추로 평생을 살아갑니다. 이는 그의 일생을 가로지르는 상처로 자리 잡고, 또 그것은 그의 예술 세계에 큰 영향을 끼치기도 합니다.

변동숙은 그런 그를 보듬어준 새어머니였습니다. 엄마를 잃은 구본웅의 새엄마로 그에게 또 다른 사랑을 줬던 인물이었죠. 그런데 얄궂게도 변동숙은 변동림의 이복 자매였습니다. 자매라고는 하지만, 나이 차이가 아주 많이 났습니다. 변동숙은 아주 어린 동생이었던 변동림과 사이가 그리 좋지 않았던 것으로 보입니다. 그러니 구본웅도 변동림을 대하기 애매했을 것입니다. 그런데 이상과 결혼한다고 하니 구본웅의 입장도 난처했을 것 같습니다. 그럼에도 두 사람의 우정에는 문제가 없었습니다. 그저 더 오랜 세월을 함께하지 못한 것이 아쉬울 뿐이죠.

다시 이상의 예술 세계로 돌아와 보겠습니다. 이상은 화가입니다. 그냥 미술을 좋아해 끄적인 수준이 아니라 선전에 입선하며 데뷔한 정식 화가입니다. 보성고보 시절 고희동의 제자이기도 했던 이상은 새로운 세계의 그림을 누구보다 먼저 만나고 환상을 가졌을 것으로 예상됩니다. 그는 자화상으로 입상하지만, 아쉽게도 작품은 도록 외에 남아 있지 않습니다. 이외에도 그가 유화를 그렸다는 기록은 종종 보이지만, 작품을 확인할 수는 없습니다. 다만 자신이 그린 그림을 자신의 다방 '제비'에 걸어뒀다는 이야기를 보면 그가 자신의 그림을 얼마나 자랑스러워했는지 짐작해볼 뿐입니다.

그나마 다행인 것은 삽화가로 활동했던 작품은 남아 있다는 것입니다. 자신의 소설 「날개」와 「동해」, 그리고 산문 「슬픈 이야기」 등에 단편적 삽화를 그려 넣기도 했던 그는 박태원의 그 유명한 소설 「소설가 구보 씨의 일일」에 '하융'이라는 이름으로 삽화를 그려 넣으며 본격적인 삽화가의 모습으로 활동하게 됩니다. 자신의 절친이자 함께 모더니즘 세계를 이끌어갔던 동료 박태원을 위해 그림을 그렸던 것입니다.

내용을 이해하지 못한 상태로 무턱대고 그려진 삽화라면 글과 그림이 어울리지 않고 따로 노는 느낌이 날 수밖에 없습니다. 그런데 이상은 박태원과 개인적 친분도 좋았을 뿐 아니라 그의 작품을 이해할 수 있는 문인이었기에 '글을 보조해주는 그림'이라는 안정적 구도를 형성할 수 있게 되죠. 아니 글은 글대로, 그림은 그림대로 작품이 돼 하나로 어우러졌다고 말하는 게 맞는 것 같기도 합니다.

이상에게 미술은 또 다른 영역의 다른 뭔가가 아니었을 것입니다. 건축을 전공하고 총독부에서 일하기까지 했던 이상에게 도안을 그리는 것은 곧 그림을 그리는 것과 마찬가지였을 것입니다. 그의 모든 경험은 작품에 고스란히 묻어나오게 됩니다. 건축을 하며 가졌던 시선은 '조감도'를 패러디한 〈오감도〉를 탄생하게 했습니다. 그림을 그렸던 경험도 마찬가지죠. 그에게서 나오는 초현실주의적 성향도 사실 미술사조에서 시작되는 점을 떠올리면 미술이 그의 작품에 어떤 식으로 작용했을지 짐작하게 합니다.

논쟁을 기반으로 한 미술비평의 성장

　초창기의 근대 미술이 새로운 양식의 도입이라는 목표를 갖고 서구의 것을 그대로 '모방'하는 것에 가까웠다면 이후에는 이것을 우리의 것으로 '토착화'해야 한다는 과제를 안게 됩니다. 새로운 것은 근대적인 것이며 전통적인 것은 전근대적이라 여기는 극단적인 이분법적 사상이 형성됐습니다. 그에 대한 반동으로 전통의 것을 사수하고 외래의 양식을 배척하려는 무리도 등장합니다. 혼란을 겪은 뒤에는 전통과 새로움의 혼종 속에서 '우리의 예술'은 어떤 것인지에 대한 고민이 생기게 됩니다. 답이 없는 문제였기에 이런 주제는 많은 비평가에 의해 논의됐고 때론 논쟁을 불러일으켰습니다.

　1910년대, 처음으로 서양화가 소개되고 1920년대에 전람회와 매체 등이 생겨나면서 근대로의 이행 과정을 겪은 화단은 우리의 예술을 어떻게 생각해야 하는지에 대한 새로운 고민을 시작하게 됩니다. 답이 없는 문제였기에 예술을 대하는 생각은 예술가마다 달랐습니다. 그리고 비슷한 생각을 가진 사람들끼리 모여 단체를 만들고, 그를 통해 자신들의 예술 세계를 펼쳐나갔죠. 그런 과정에서 생각이 맞지 않는 사람들은 사고의 충돌을 겪기도 합니다. 따라서 1920년대 중반 이후부터 우리의 화단은 다양한 논쟁을 벌이게 됩니다.

주목할 점은 이런 논쟁 속 굵직한 목소리를 내는 인사 중에 문인들도 포함됐다는 것입니다. 지금까지 살펴본 것처럼 근대 초기의 문학과 미술이 서로 긴밀한 관계를 유지했기에 가능한 일이기도 합니다. 프롤레타리아 운동으로 카프의 최전방에 서 있던 임화는 문학은 물론이고 미술계의 논쟁에도 뛰어들어 예술이 갖는 사회적 역할과 위치의 중요성에 대해 설파했습니다. 화가이며 문인이기도 했던 김용준은 이에 맞서 예술이 가져야 할 예술성을 옹호하며 대립각을 세웠죠. 또 그는 예술성과 동양주의라는 노선으로 이태준과 함께 안석주, 홍득순 등의 화가들과 '동양적인 것'을 정의하기 위해 논쟁을 이끌기도 합니다. 일본과 러시아 등 외부로부터 다양한 사상을 안고 들어온 지식층들은 서로의 사상을 비판하기도 하고 옹호하기도 하면서 논쟁을 이어갔고, 이는 조선 화단의 예술의식을 성숙하게 하는 계기가 됩니다.

지금부터는 1920년대 중반부터 1930년대 초반까지 있었던 대표적 두 가지 논쟁인 '프롤레타리아 미술 논쟁'과 '심미주의 미술 논쟁'에 대해 살펴보겠습니다.

- 프롤레타리아 미술 논쟁

1920년대 초부터 지식인들이 사회주의에 대해 관심을 갖게 됩니다. 1919년 3.1 운동의 가시적 실패 이후 좌절을 맛봤던 지식인들은 해방을 위한 지식이 부족함을 인지하고 사회주의로 그것을 극복하고자 했기 때문입니다.

사회주의 노선은 전 세계적 흐름으로 함께 발맞춰 갔습니다. 이런 움직임은 자본주의에 대한 반동으로 계급 해방 운동으로 번져갔죠. 우리의 계급 운동 역시 이런 큰 움직임 속에서 싹을 틔웠습니다. 특기할 점이 있다면 우리는 '식민 치하'에 놓였다는 역사적 특수성을 가졌다는 것입니다. 따라서 우리는 자본주의에 대한 반향 외에 식민 치하에서 벗어나고자 하는 기치를 더하게 됩니다. 쉽게 이야기하자면 무산 계급을 짜내 잘 먹고 잘 사는 유산 계급들과 우리를 식민지로 만든 일제를 척결 대상으로 설정했다는 것입니다.

그런데 이런 사회주의 운동이 우리 문예와 어떻게 연결된 것일까요? 정치, 사회, 경제와 연결될 것만 같은 이 사회주의 운동은 그러나 문학을 포함한 예술을 포섭하는 걸 굉장히 중요하게 여겼습니다. 자신들의 사상을 전파할 매개체가 필요했기 때문입니다. 먹고 사는 것이 문제라 사회 문제의 근원까지 생각할 수 없었던 대다수의 민중은 이들이 어떤 기치를 갖고 운동을 벌이는가에 대해서는 크게 관심이 없었습니다. 그래서 문학이, 미술이, 영화가 필요했던 것입니다. 그 안에 계급 사상을 넣어 민중에게 배포하는 것이죠.

바로 여기서 우리 문예사는 계급과 순수 논쟁으로 굉장히 혼란스러운 시기를 맞이합니다. 문학을 자신들의 사상을 전파하는 도구로 사용해야 한다는 계급 운동 노선과 문학은 순수 그 자체로 둬야 한다는 순수문학 노선이 충돌하게 된 것입니다. 이런 갈등은 1925년 카프가 조직되면서 심화됩니다. '카프'라는 이름은 자주 들어보셨을 것입니다. 바로 조선 프롤레타리아 예술 동맹KAPF, Korea Artista Proleta Federatio의 약자로 만든 단어입니다. 산발적으로 존재하고 활동하던 이들이 단체를 만들고 계급 운동을 본격화하게 된 것입니다.

그러나 계급 예술은 대중에게 사상을 전파하려고 만든 작품들이었기에 그 작품성에 있어 논란이 있었습니다. 이른바 '예술성이 없다'는 것이죠. 많은 이가 공감하며 읽게 하기 위해서는 새로운 형식을 시도하기보단 익숙한 이야기로 구성해야 했습니다. 그래서 계급주의 예술을 하는 작가들은 형식보다 '내용'이 중요함을 역설했습니다. 그렇다면 순수예술을 하던 이들은 무엇을 중요하게 여겼을까요? 전대의 경향을 극복하고 새로운 예술을 발견하기 위해 그들은 '형식'을 중요하게 여길 수밖에 없었습니다. 그렇기 때문에 계급주의에 비해 순수예술은 '형식'을 중요시 여겼습니다. 이것이 그 유명한 '내용-형식' 논쟁의 바탕이 되는 근간이기도 합니다.

1925년 결성된 카프는 1935년 해산계를 내며 해체됩니다. 해산이 될 즈음에는 그간 여러 차례 진행된 일제의 탄압으로 이미 많이 와해된 상태였죠. 카프의 맹원이었던 이 중 친일파로 변절한 사람들이 많은 이유도 여기에 있을 것이라 짐작합니다. 검거돼 일제의 직접적 탄압을 겪었던 이들이었기에 일본에 대한 공포가 컸을 것입니다. 때문에 1935년에 해산계가 제출됐다고 해도 계급주의 문학이 가장 활발하게 전개된 시기는 1920년대 중반부터 1930년대 초반까지라고 볼 수 있겠습니다. 중요한 논쟁이 붙었던 것도 다 이 즈음입니다. 카프에 미술부가 창설되고 1차 방향 전환을 이룬 1927년부터 프롤레타리아 미술 논쟁, 즉 '프로 미술 논쟁'이 가열됩니다.

논쟁은 조각가이자 카프의 맹원이었던 김복진이 1927년에 「나형 선언 초안」을 발표하면서 시작됩니다.

> 우리는 이와 같은 예술에 있어서 정치적 성질을 거세하려는 과오를 지양하지 않으면 안 된다.
> – 김복진, 「나형 선언 초안」, 『조선지광』, 1927년 5월.

예술에서 정치적 성질을 강조하는 이 같은 논지는 카프가 예술을 대하는 태도이기도 했습니다. 예술에 정치적 성향이 들어가야 한다는 김복진의 이 글은 '초안'이라는 제목처럼 짧은 글이었지만, 많은 이에게 영향을 끼칩니다. 예술을 위한 예술이라는 것을 덧입힌 예술이 아닌 정치적 성향을 가진 그 예술 본연의 모습으로 돌아가야 한다고 주장하는 글입니다. 그래서 이를 '나형裸形'이라고 하는 것이죠. 하지만 이에 반대하는 입장도 있었습니다. 예술을 예술로서 순수하게 대해야 한다는 입장이었죠. 그 대표 주자로 김용준金瑢俊, 1904~1967이 나섭니다.

예술은 결코 이용될 수 없고, 지배될 수 없으며, 구성될 수도 없다. 또한 예술품 그것은 결코 도구화할 수 없고, 비예술적일 수 없고, 오직 경건한 정신이 낳는 창조물일 것이다.
- 김용준, 「프롤레타리아 미술 비판」, 『조선일보』, 1927년 9월 18일~30일.

이제 막 공부를 마친 신진 화가 김용준의 등장은 말 그대로 혜성 같은 것이었습니다. 김용준은 1927년에만 프롤레타리아 미술에 관한 글을 세 편이나 발표하며 쟁쟁한 프롤레타리아 미술가들과 맞서기 시작했습니다. 그는 예술은 결코 이용될 수 없고 지배될 수도 없으며 도구화할 수 없다며 카프의 이론에 정면으로 반박하고 나섭니다. 논쟁 초기에는 계급주의적 면모를 보이기도 했던 김용준이지만, 이런 논쟁을 통해 자신의 순수예술성을 확인한 듯합니다. 그는 강한 어조로 선배 화가들을 비판하며 순수예술의 중요성에 대해 강조합니다. 그리고 이에 묵직한 칼을 빼든 것은 바로 문인 임화林和, 1908~1953였습니다. 앞서 아나키스트인 김화산과의 격렬한 논쟁으로 프롤레타리아 문학 논쟁을 일으키기도 했던 임화는 김용준의 이런 주장을 지나치지 않고 반박에 들어갑니다.

미美를 인식認識하는 감각感覺이 예술藝術이 된다면 '프로레타리아' 조선朝鮮의 현재現在 민중民衆은 미美를 어디서 찾아야 할까. … 그것을 가르쳐달라. 조선무산계급朝鮮無産階級에게 미美를 달라. 감옥監獄 속에서 미美를 가져야 할까. 아사餓死하는 사람의 입에서 미美를 찾아야 할까.

- 임화, 「미술영역에 재한 주체이론의 확립」, 『조선일보』, 1927년 11월 20일~24일.

임화는 김용준을 "조선의 돈키호-테"라고 부르며 일제의 강압 아래서 가난하고 고통받는 민중에게서 어떻게 예술을 찾을 것인지 되묻습니다. 예술을 위한 예술을 하는 미술을 부르주아 미술로 보면서 진짜 민중들, 즉 감옥에 갇힌 이들에게서 혹은 죽어가는 사람들 입에서 미美를 찾을 수 있느냐며 강하게 말하는 것입니다.

두 사람의 견해 차이는 미술을 순수예술로 대해야 하는지 혹은 도구로 활용해야 하는지에 대한 기본적 예술관의 차이에서 비롯된 것입니다. 정답은 정해져 있지 않습니다. 당시 조선의 상황을 고려하면 임화의 주장에 힘이 실리기도 하지만, 또 예술의 독자성을 고려하면 김용준의 의견에 동조하게 되기도 합니다. 답이 없는 문제였고 논쟁에 참여한 논객들은 서로의 의견을 반박하며 흔들리기도 하고 깨지기도 합니다.

하지만 1920년대 후반에 이런 논의들이 오가며 예술가들은 상대방의 의견에 반박하기 위해서라도 자신의 의견을 개진해야만 했고 우리의 예술 의식은 한층 성숙해질 수 있었습니다. 계급 미술을 주창했던 김용준도 이런 논쟁을 거치면서 순수예술주의자로 거듭난 것만 봐도 알 수 있습니다. 격렬하게 진행됐던 프롤레타리아 미술 논쟁은 곧 우리 예술의 근원을 찾는 '심미주의 논쟁'으로까지 이어집니다.

– 심미주의審美主義 논쟁

임화와 김용준을 비롯해 김복진, 윤기정 등과 함께했던 프롤레타리아 미술 논쟁은 김복진의 구속과 일제의 탄압으로 소강 상태에 접어듭니다. 하지만 뒤이어 또 다른 논쟁이 불붙게 됩니다. '심미주의 논쟁' 혹은 '동양주의 논쟁'이라고도 불리는 이 논쟁은 앞선 프롤레타리아 미술 논쟁보다 좀 더 근원적인 것에 초점을 맞춘 논쟁입니다. 프롤레타리아 미술이 한발 물러서고 난 뒤에 예술을 위한 예술을 하는 작가들에 의해 주도된, 과연 '조선의 예술'은 어떤 것으로 봐야 할지에 대한 고민의 흔적이었습니다.

먼저 '심미주의' 혹은 '동양주의'의 의미에 대해 알아보겠습니다. '심미'라는 것은 미美를 찾는다審는 의미입니다. 미술사학자인 최열은 이 시기에 있었던 논쟁을 '심미주의 논쟁'이라고 부릅니다.[8] 예술인들이 이 시기에 우리 조선의 예술색이란 무엇인지에 대해 고민했다는 뜻을 담고 있습니다. 그런데 우리의 예술색이 무엇인지 찾는다는 것과 '동양주의'는 무슨 관계가 있을까요?

이 논쟁을 '동양주의'라고도 부르는 이유는 당시 우리 화단의 고민이 동양적인 것으로 돌아가는 것에 있었기 때문입니다. 오리엔탈리즘이 서구의 시선으로 바라본 동양의 이채로움을 의미한다면, 동양주의는 우리의 시선으로 서구를 타자화他者化하는 것입니다. 무조건적으로 서양의 것을 받아들이며 서양의 시선으로 동양을 타자로 만들었던 지난날의 예술 경향에 대한 반성으로 볼 수 있는 것이죠.

그래서 우리는 '동양'의 그것에 조선만의 색을 더한 우리만의 정체성을 찾는 데 주력하기 시작합니다. 그래서 이 논쟁을 '심미주의' 혹은 '동양주의' 논쟁이라고 부르는 것입니다. 하지만 문제는 더 있었습니다. 우리가 처했던 상황과 연결되는 것이죠. 우리는 서구의 문물을 일본을 통해 들여왔습니다. 그러니까 일본에서 받아들인 서구화를 다시 받아들임으로써 왜곡된 형태로 받아들일 수밖에 없었던 것입니다.

게다가 미술에서 아카데미즘으로 굳건히 자리 잡은 '선전'도 이런 현상을 가중시켰습니다. 이미 앞에서 '선전'이 화가 지망생들에게 어떤 의미를 갖는지에 대해 살펴봤습니다. 화가로 인정받으며 등단할 수 있는 유일한 통로였기 때문에 화가 지망생들에게는 꿈과 같은 곳이었습니다. 하지만 문제는 심사위원이었습니다. 일본인 심사위원으로 이뤄졌기에 그들의 취향이 반영될 수밖에 없었습니다. 일본인 심사위원들은 심사평 등을 통해 '조선적인 것'을 그리길 권유합니다. 그런데 여기에서 '조선적인 것'이라는 것에서 향토색 논란이 일어납니다. 미술비평가 오광수가 이런 현상을 '향토색 논란'이라고 부르는데 일본인 심사위원의 입맛에 맞게 전근대적 조선의 모습을 조선색으로 그려내는 풍조가 생겼기 때문입니다.

그런데 선뜻 이해되지 않죠. 조선적인 것을 그리는 것이 왜 논란이 됐을까요. 우리의 하늘과 산과 들과 바다를 그리는 것이 왜 나쁘다는 것일까요? 그것은 그 안에 그려진 조선의 모습이 근대 이전의, 그러니까 '전근대前近代'의 모습을 갖는 것에 있습니다. 일본이 원하는 조선의 모습은 어떤 모습이었을까요? 하나 분명한 것은 발전하며 문명화되는 모습은 아니란 것이죠. 그래서인지 향토색 논란이 일었던 작품에는 벌건색에 가까운 흙과 헐벗은 여인들이 등장하기도 합니다. 그래서 유학을 통해 이미 화가가 된 화가들은 선전 출품을 거부하며 선전의 아카데미즘에 반항하기도 합니다.

1930년대에 들어서면 소그룹들이 대거 등장하면서 자신들만의 예술색을 찾으려는 움직임을 보입니다. 이때 이들은 단체의 취지문을 발표하고 그에 따른 전시회를 열어 이를 증명하려 합니다. 그런데 여기의 '취지문'에서 논쟁이 붙게 됩니다. 심미주의 논쟁의 그 서막은 '녹향회'를 조직한 심영섭沈瑛燮, 1904~?의 취지문으로부터 시작됩니다.

우리는 서양화西洋畵라는 명칭名稱을 가진 회화繪畵의 길을 밟으나 결決코 맹목적盲目的으로 서양풍西洋風을 따르는 것이 아닌 동시同時에 결국結局 아세아인亞細亞人이며 조선인朝鮮人이 제작製作한 것인 이상 서세아화西細亞畵이며 조선화朝鮮畵일 것이다.

　　- 심영섭, 「미술만어-녹향회를 조직하고」, 『동아일보』, 1928년 12월 15일~16일.

　서양화를 그렸지만, 결코 맹목적으로 서양풍을 따르지 않겠다는 심영섭은 조선의 예술이 서양화와 아세아의 것을 합친 '서세아화'가 돼야 한다고 주장합니다. '아세아'를 강조하는 점도 오리엔탈리즘적 시선에 대항한다는 것을 알게 해줍니다. 조선의 예술을 아세아의 예술로 끌어올려 세계화하려는 것이죠. '녹향회綠鄕會'라는 단체 이름 자체도 그런 점을 지향합니다. 푸른 고향이라는 뜻을 가진 녹향회가 바라는 이상향은 서양화와 우리의 전통이 적절히 조화된 작품을 그려내는 것이었습니다. 하지만 이를 지켜보던 안석주는 녹향회의 거창한 취지문에 비해 전시회가 그를 못 따라간다며 비판합니다.

녹향회전체綠鄕會全體에 대對한 선언宣言이 떳떳이 전람회展覽會가 다한다 하면 얼마간의 반성反省과 부절不絶한 변혁變革이 있기를 바라는 동시同時에 동인同人에 대對하여 선택選擇을 엄중嚴重히 했으면 한다.
　　- 안석주, 「제1회 녹향전 인상기」, 『조선일보』, 1929년 5월 26일~28일.

　안석주는 녹향회의 전람회가 그 선언을 보여주는 것이라면 얼마간의 반성과 부절한 변혁이 있어야 한다고 말하며 취지문에서 밝힌 선언에 부합하는 작품이 없음을 비판했습니다.

더불어 동인들에 대한 선택도 엄중히 해야 한다고 말한 그는 그 작품에서 "고흐의 족적을 따라가느라 괴로운" 흔적을 발견하는 등 서세아화를 이루겠다는 당찬 포부에 비해 전람회의 작품이 그를 따라가지 못한다고 꼬집습니다.

이런 비판적 평가에 심영섭은 직접적으로 응하지 않습니다. 안석주의 지적 중에 어느 정도 수용할 부분이 있었던 것일까요? 대신 소설가 이태준李泰俊, 1904~?이 이 논쟁에 등판하며 심영섭을 옹호합니다. 심영섭과 함께 녹향회를 꾸려나가던 김용준의 벗이기도 한 이태준은 안석주의 의견을 직접 언급하지는 않지만, 심영섭의 작품이 취지문에 가장 부합한 작품이라며 편을 들어줍니다.

> (심영섭은) 서양화西洋畵의 재료材料(물적物的)를 사용使用했으나 엄연嚴然한 주관主觀은 정통동양본래正統東洋本來의 철학哲學과 종교宗敎와 예술원리藝術原理 우에 토대土臺를 둔 작가作家이다.
> - 이태준, 「녹향회 화랑에서」, 『동아일보』, 1929년 5월 28일 ~31일.

이태준은 글을 시작하며 본인 역시도 '녹향회'의 전람회에 다소간의 실망을 느꼈다고 밝힙니다. 그러나 심영섭은 서양화를 재료로 동양의 철학과 종교의 예술 원리를 토대로 작품 활동을 이어간 작가라며 "이러한 씨의 출현이 얼마나 반가운 지 알 수 없다."고 말합니다. 앞서 안석주가 취지문을 제대로 살리지 못했다고 비판한 것과 상반되는 감상임을 알 수 있습니다. 사실 동양 본래의 철학을 담은 그림을 그린다는 것이 어떻게 가능한지에 대해서는 아무도 답을 줄 수 없을 것입니다. 같은 심영섭의 작품을 보고도 안석주와 이태준의 해석이 다른 것처럼 말입니다.

예술의 해석에는 주관이라는 것이 들어가기 때문에 누구에게나 절대적 작품이라는 것은 존재하지 않습니다. 그러니까 이런 논쟁 자체는 큰 의미가 없을 수도 있습니다. 그럼에도 이런 논쟁이 계속된 이유는 앞서도 언급한 것처럼 논쟁을 통해 자신들의 예술관을 다시 재정비하고 앞으로 나아갈 수 있기 때문입니다.

녹향회 이후 조직된 동미회東美會 때도 마찬가지입니다. 동경미술학교 출신들이 모여 만든 동미회에는 앞서 녹향회에 참여했던 김용준을 포함해 길진섭과 홍득순, 황술조 같은 화가들이 참여합니다. 이때에는 김용준이 동미회의 동미전을 개최하며 취지를 밝힙니다.

오인吾人의 취取할 조선朝鮮의 예술藝術은 서구西歐의 그것을 모방模倣하는 데 그침이 아니요, 또는 정치적政治的으로 구분하는 민족주의적 입장民族主義的立場을 설명說明하는 그것도 아니요, 진실眞實로 그 향토적 정서鄕土的情緖를 노래하고 그 율조律調를 찾는 데 있을 것이다.
- 김용준, 「동미전을 개최하면서」, 『동아일보』, 1930년 4월 12일 ~13일.

취지에 의하면 동미회의 예술적 방향은 향토적 정서를 노래하는 것에 있다고 말합니다. 서구의 그것을 그대로 좇지 않고 우리만의 예술 세계를 구축하겠다는 의지의 표현이기도 하죠. 하지만 동미전은 이런 취지로 가열찬 비판을 받게 됩니다. 바로 앞서 녹향회를 비판했던 안석주에게 말입니다.

> 그러나 불란서佛蘭西나 기타구주화단其他歐洲畫壇과 통상通商하던 일본 화단日本畫壇의 영향影響을 받지 아니치 못하는 그들의 작품 중作品中에는 …
> - 안석주, 「동미전과 합평회」, 『조선일보』, 1930년 4월 23일 ~26일.

서구의 예술을 모방하는 데 그치지 않을 것이라는 김용준의 취지에 안석주는 그들의 작품이 일본 화단의 영향을 '받지 아니지 못하다'고 평합니다. 일본 화단은 프랑스와 기타 서구 화단의 영향을 받았기에 일본 화단의 영향을 받았다는 것은 서양화의 영향을 받았다는 의미이기도 합니다. 그러니까 서구의 영향을 받았으면서 어떻게 향토적 정서를 노래하고 그 율조를 찾는 데 목표를 뒀다고 할 수 있냐는 비판입니다. 앞서 녹향회에 있었던 논쟁과 같은 맥락이라는 것을 확인할 수 있습니다.

그런데 동미회 논쟁은 2회에 홍득순洪得順, ?~?이 깃발을 잡으면서 다른 노선을 걷게 됩니다. 김용준과는 다른 생각을 가졌던

지 홍득순은 김용준이 이끌었던 1회 동미전이 비판받았던 바와 마찬가지로 그 성과가 미미하다고 지적합니다. 그리고 동미회와 사회와의 관계를 생각해야 한다고 주장하며 "우리의 그룹은 사회와 밀접한 관계를 의식하면서 현실 조선의 빈약한 화단을 위하여 여실한 인식으로 현실을 파악하여 투쟁을 계속"해야 한다고 말합니다. 2회부터는 김용준이 이끌던 동미전과는 다른 전람회가 될 것이라 자신하는 것이죠.

어딘가 카프의 미술관과 비슷한 듯 보이지만, 계급주의적 투쟁을 의미하는 것은 아닙니다. 홍득순은 우리의 현실에 맞는 미술을 창작해야 하는데 조선적 예술을 만든다며 사회와 전연히 다른 예술을 한다는 우리 화단을 비판하고자 한 것입니다. 이에 조선의 돈키호테인 김용준이 가만있을 리 없습니다. 그는 「동미전과 녹향전」이라는 글에서 앞선 홍득순의 취지문과 동미전이 얼마만큼의 성과를 이룩했는지에 대해 반문하며 여전히 "조선의 마음, 조선의 빛"을 그림에 담아야 한다고 주장합니다. 이 논쟁의 승자는 누구일까요? 승자는 없습니다. 논쟁에 참여하는 논객들의 이야기 중에 틀렸다고 할 만한 논의는 하나도 없습니다. 모두 자신만의 예술관을 찾기 위한 여정을 겪고 있기 때문입니다.

녹향회, 동미회, 백만양화회까지 이어지는 주장의 핵심은 간단합니다. 서양화를 그려내는 방식에 조선 전통의 그림을 접목하겠다는 것이죠. 하지만 서양화가 조선에 들어온 지 20년이 채 되지도 않은 시점에 이런 작업이 완벽하게 이뤄지기는 힘들었을 것입니다. 그래서 작품 분석에 있어 반박이 오갔고 이런 과정을 통해 우리의 예술은 우리의 퍼즐을 조금씩 맞춰갔던 것입니다.

하지만 집중적으로 이뤄졌던 심미주의 논쟁은 1930년대 중반이 되면 사그러들게 됩니다. 누군가의 주장으로 이뤄진 '조선색'보다 각자의 작품에서 구현한 자신만의 색이 결국은 조선색이 될 것이라는 흐름을 따랐는지도 모르겠습니다.

순수예술의 기수, 구인회와 목일회

중요한 시험을 앞둔 친구에게 이런 이야기를 들었습니다. "요즘 트렌드는 구인회야." 국어나 문학 쪽 문제에서 구인회에 대해 많이 출제한다는 얘기겠죠. 족보가 쌓일 만큼 쌓여서 그간 자주 출제되던 단골 작품들도 좀 바뀌고 아니면 유명한 작가의 안 유명한 작품을 예시로 내놓는 등의 새로운 유형을 보인다고 합니다. 지금까지 구인회는 '친분 있는 문인들끼리 모여서 만든 단체'라는 이미지가 있어서 그런지 정통의 문학사에서는 크게 다루지 않았습니다. 하지만 이 단체를 그렇게 단순하게 볼 것이 아니라는 증거들이 드러나면서 그 중요성이 부각되고 있습니다.

우선 구인회는 1933년에 등장합니다. 그 다음 해인 1934년에는 목일회가 등장하죠. 구인회는 단체 이름 그대로 문인 아홉 명이 모여 만든 단체입니다. 목일회牧日會는 이후 목시회牧時會로 이름을 바꿔 한자가 조금 바뀌긴 하지만, 둘 다 크게 '새로운 날을 기다린다' 정도로 이해할 수 있을 이름을 가진 미술 단체입니다. 1930년대 문학과 미술을 대표하는 이 두 모임의 등장은 우리 문예사에 매우 중요하게 기록돼야 합니다.

순수예술의 기수들이 모여 만든 모임이었기 때문이죠.

앞서 살펴본 바와 같이 1920년대 중반부터 우리 문예계를 장악한 건 '프롤레타리아 예술'이었습니다. 무산 계급의 해방을 원하는 계급주의 예술이라고도 하죠. 하지만 이같이 예술을 도구로 여기는 움직임에 대한 반발도 만만치 않았습니다. 거기에 일제의 탄압이 더해져 자의 반 타의 반으로 1930년대 문예사는 '순수예술의 시대'가 됩니다.

사실 우리 예술사에서 계급주의 예술을 다룰 수 있게 된 것도 얼마 되지 않았습니다. 1988년에 해금 조치가 내려진 이후에야 북으로 간 작가들의 이름을 마주할 수 있었기 때문에 본격적 연구가 되기 시작한 건 넉넉하게 잡아도 30여 년밖에 안 된 것입니다. 그래서 계급주의 예술을 언급만 하고 넘어가는 경우가 많은데 그런 이유로 당시 계급주의 예술의 파급력에 대해 실제보다 작게 생각하는 경향이 생기게 됩니다. 그러니까 실제로 '별 거 아니었던 거 아니야?'라는 생각이 들게 되는 것이죠. 하지만 그렇지 않습니다. 그들이 추구하는 방향이 민중으로 향했던 만큼 많은 이의 공감을 얻었고, 많은 작가가 참여했습니다.

물론 문학이나 미술을 도구로 삼아야 한다는 점에 의문을 제기하는 작가들도 있었습니다. 이들이 할 수 있는 일이란 계급주의에 반대하는 강령을 발표하며 단체를 조직해 활동하는 것이었습니다. 하지만 이런 '반대를 위한 반대'는 결국 제자리에 머물 뿐이었습니다. 제대로 된 순수예술을 주창할 수 있게 된 것은 이쪽도 저쪽도 아닌 곳에 위치한 작가들이 등장하면서 가능해지기 시작했습니다.

이를 인식하고 조직된 모임이 바로 1933년의 구인회, 그리고 1934년의 목일회입니다. 이에 대한 증거는 이들이 이전 단체들과 달리 어떠한 강령도 발표하지 않았다는 것에 있습니다. 앞의 미술 단체들이 앞다퉈 취지문을 발표했던 것을 생각하면 어떤 변화로 읽히는 부분입니다. 이들은 다만 작품 활동으로 그 단체의 존재를 드러낼 뿐이었습니다. 1930년대 순수문학을 대표하는 단체인 구인회와 순수미술을 대표했던 목일회의 등장은 계급주의 문예가 힘을 잃어가는 시기에 굉장히 중요하게 작용합니다.

이제 이쯤에서 구인회와 목일회에 대해 간략하게 소개해보겠습니다. 우선 구인회는 앞서 살펴봤던 이상을 포함해 이태준, 정지용, 김기림, 박태원, 이효석 등 1930년대 모더니즘의 기수에 섰던 이들이 함께했습니다. 이들의 이름이 익숙한 이유는 계급주의 문학에 참여하지 않았던 데에 있습니다. 월북으로 이름을 말할 수 없었던 것은 이태준이나 정지용, 박태원도 마찬가지지만, 이들은 순수예술을 지향했기 때문에 해금 이후 활발하게 연구됐습니다. 계급주의 작가들에 대한 연구는 미미했던 반면, 순수예술을 했던 작가들은 교과서에도 실리고 많이 읽히면서 현대를 살아가는 우리 곁에 더 가까이 다가올 수 있었습니다. 물론 그 작품 자체가 가진 예술성이 뛰어났던 점도 한 몫 했죠.

어쨌든 이들은 순수예술을 표방하며 어떠한 강령도 발표하지 않았습니다. 그래서 그 모임의 목적은 그들의 활동을 통해 짐작할 수밖에 없습니다. 구인회는 크게 두 가지 방법으로 활동을 전개합니다. 공식 행사로는 두 번의 문학 강연회를 개최하고 한 권의 동인지인『시와 소설』을 간행합니다. 제1차 강연회는 '시와 소설의 밤'이었고 제2차 강연회는 '조선신문예 강좌'로 총 5회에 걸쳐 진행됐습니다.

강연록이나 강연집이 남아 있지 않기 때문에 그 내용을 알 수 없지만, 강연회를 주도했던 인물들을 보면 강연회의 파급력이 어떠했을지 짐작할 수 있습니다. 구인회 멤버였던 이태준, 김기림, 박태준, 정지용, 이상 등 신진 세력들도 그렇지만, 이광수와 김동인 같은 앞선 세대의 문인들도 함께했다는 점이 눈에 띕니다. 잡지『시와 소설』역시 동인 외에 백석과 김유정 등이 참여하며 그 잡지의 위상을 높였습니다. 비록 『시와 소설』은 한 회 발간으로 그치지만, 그 안에 뛰어난 문인들의 작품을 싣고 있습니다. 문학사적으로 매우 의미 있다고 기록되는 이유도 그것입니다.

목일회는 다음해인 1934년에 결성됩니다. 프랑스 유학을 마치고 돌아온 이종우를 포함해 임용련, 백남순, 구본웅, 길진섭, 김용준 등의 화가들이 모여 만든 단체입니다. 이들 역시 어떠한 강령도 발표하고 있지 않아 그 모임의 성격을 정확하게 알 수 없지만, 바로 전 '백만양화회'를 조직하며 순수예술을 표방했던 김용준이 필두로 이끌었다는 점을 감안할 때 구인회와 같이 순수예술을 위한 모임으로 짐작됩니다.

　구인회가 강연회와 잡지 발간을 주 활동으로 삼았다면, 목일회는 전시회를 개최하는 것으로 모임의 목적을 드러냅니다. 특이할 점은 목일회에 참여하는 동안 회원들은 선전에 작품을 내지 않으며 선전과 비슷한 시기에 전시회를 열었다는 것입니다. 선전을 향한 구호를 내세우진 않았지만, 선전과 협전이라는 거대한 전람회의 양대 구조 사이에서 심사위원들의 기호에서 벗어나 자유로운 작품 활동을 펼치고자 했다는 것을 알 수 있습니다. 이로써 목일회의 성격은 두 가지로 특정됩니다. 첫째는 순수예술을 지향했다는 것, 둘째는 아카데미즘에 반대했다는 것입니다.

구인회와 목일회의 교우 관계

1930년대 시는 음악보다 회화이고자 했다.

그림을 그리는 것 같은 묘사로 이미지즘의 선두에 선 시인 김광균의 말입니다.[9] 원래 시는 음악이었죠. 소수 계층에 의해 글자로 기록되고 눈으로 읽었던 시가 아닌 일반 서민에게 시는 음악이었습니다. 눈으로 읽는 대신 귀로 들었고 글로 적는 대신 입으로 불렀습니다. 그래서 시에는 여전히 음악적 요소가 중요하게 작용합니다. 운율과 같은 것이 그것이죠. 그런데 1930년대의 시는 음악이기보다 회화이고자 했다고 말합니다. 고흐의 〈가교가 있는 수차〉라는 작품을 보고 눈알이 빠질 듯한 충격을 받았다는 김광균에게 미술이 어떤 충격과 영향을 줬는지 가늠할 수 있습니다. 그는 이 시기의 시와 그림이 함께 호흡하는 것 같으면서도 '앞서가는 회화를 쫓아가기에 바빴'다고 이야기하기도 합니다.

앞에서 계속 살펴봤던 것처럼 문학과 미술의 친연성은 문인과 화가를 서로 끌어당겼습니다. 미술사조에서 시작된 문학사조들을 보면 알 수 있지만, 문학과 미술은 표현 방법이 다를 뿐 같은 뿌리를 가진 예술임에 분명했습니다. 그런데 우리 문예사에서 1930년대는 다른 시기보다 조금 더 특별하게 그런 교류를 주고받았던 시기이기도 합니다. 경성의 모던보이들은 서로 몰려다니며 문학적 그림과 회화적 글을 쏟아냅니다. 당시 문단을 휩쓸었던 모더니즘의 이미지즘이 개인적 친분에서 비롯된 것인지 아니면 장르의 친연성으로 형성된 것인지 선후 관계는 알 수 없지만, 분명한 사실은 당대 우리의 문단이 미술의 영향에 흠뻑 빠졌다는 것입니다.

특히 비슷한 시기에 만들어진 구인회와 목일회는 각별한 우정 이야기로도 유명합니다. 각각 다른 단체에 소속됐지만, 소속만 다를 뿐 이들은 거의 함께 작품 활동을 이어갔으므로 서로의 예술 세계에 영향을 끼칠 수밖에 없습니다. 무조건적 서구화에 반감을 가졌던 이들은 우리 전통으로 돌아가야 한다는 생각으로 '동양주의'를 주창하게 됩니다. 물론 '동양'적인 것을 강조한다고 해서 무조건적 회귀를 의미하는 것이 아닙니다. 참여했던 모든 작가가 일본을 통해 근대적 세계를 경험하고 돌아왔다는 것을 감안할 때 이들이 주장하는 '동양주의'란 우리의 전통과 서양의 방식과 함께 구현하는 것이었습니다. 즉 우리의 정신을 새로운 그릇에 담는 것이죠. 때문에 두 단체의 작가들의 작품에는 '표현주의'라는 사조의 양식이 나타나게 됩니다.

이후 두 단체의 회원이었던 이들이 모여 1939년 문학사의 그 유명한 잡지 『문장』을 간행하게 됩니다. '동양주의'라는 같은 예술 의식을 바탕으로 하고 있었기에 가능한 것이었습니다. 지금부터는 구인회와 목일회에서 애틋한 사이였던 문인과 화가들의 우정과 그 뒷이야기들을 살펴보고 그들의 공통된 예술 의식으로 발현된 '표현주의' 작품들에 대해 알아보겠습니다.

– 이상과 구본웅

　화가 구본웅과 문인 이상의 관계는 널리 알려졌습니다. 이상의 초상화라고 알려진 〈우인의 초상〉도 구본웅의 작품입니다. 폐병을 앓았던 이상의 파리한 얼굴빛과 정면을 바라보는 날카로운 눈빛, 삐딱한 고개와 시선까지 친구 이상의 모습을 잘 잡아냈습니다. 그런데 작품 속 이상이 피우는 담배는 이상의 것이 아닙니다. 이 파이프 담배는 구본웅이 즐겨 피웠던 것이라는 이야기가 있습니다. 친구의 그림 속에 자신의 모습도 함께 그려 넣으며 우정을 드러내고자 했던 것일까요. 이 작품은 『문학사상』 창간호의 표지로 실리며 세상에 알려졌습니다.
　두 사람의 인연은 언제 시작됐을까요? 최고의 친구이자 후원자였던 구본웅은 왜 이상에게 그렇게 관대했을까요? 사실 구광모의 연구 이전에는 구본웅과 이상의 친분은 구본웅의 유학 이후에 이뤄진 것으로 알려졌습니다. 이상과 구본웅, 그리고 그 시대를 담은 영화 〈금홍아, 금홍아〉에도 성인이 된 이상과 구본웅이 전시장에서 만나 친구가 되는 장면이 나옵니다. 하지만 알고 보니 구본웅과 이상은 학창 시절부터 친구였습니다. 나이 차이가 있어서 둘이 같이 학교를 다녔을 것이라 생각하지 못했는데 몸이 불편한 구본웅이 학교를 늦게 들어가 이상과 친분을 쌓을 수 있었던 것입니다. 성인이 되어 만난 것과 어린 시절부터 친구였던 것에는 많은 차이가 있습니다. 예술관은 물론이고 자신만의 사상이 정립되는 시기부터 함께했다는 것은 더 많은 뭔가를 주고받았을 것이란 사실을 짐작하게 합니다. 구본웅이 이상에게 그렇게 관대했던 것도 어쩌면 이런 이유에 있지 않을까요.

어찌 됐든 구본웅은 이상의 가장 가까운 곳에서 이상을 이해하는 친구이자 도움을 주는 후원자였습니다. 이상이 마음껏 작품 활동을 할 수 있었던 데에도 구본웅의 역할이 컸습니다. 그럼 구체적으로 어떻게 도와줬다는 것일까요? 밥이나 술을 사주는 건 둘째 치고, 구본웅은 이상이 문학적 가능성을 가졌음을 간파하고 그를 보좌해주고 싶어 했던 것 같습니다. 그래서 구본웅은 이상이 참여하던 '구인회'가 결성됐을 때 『시와 소설』이라는 잡지가 간행될 수 있도록 돕습니다. 단 한 권으로 세상의 빛을 보고 사그라들었지만, 이 잡지에는 구인회 일원이었던 이상과 이태준, 박태원 등과 김기림, 백석 등 문학사에 굵직한 문인들의 글이 실려 있어 그 한 권 만으로도 큰 의미를 갖습니다. 이 잡지가 세상의 빛을 볼 수 있었던 것은 구본웅의 후원으로 가능했던 것입니다.

이외에도 이상이 몸이 안 좋아 일을 하지 못할 때 책의 교정을 보는 일을 맡겼고, 이 과정에서 김기림의 『기상도』가 탄생하기도 합니다. 이런 내용은 이상이 김기림에게 보낸 편지에서 확인할 수 있습니다.

기림형.
어떻소? 거기도 덥소? 공부가 잘되오? 〈기상도〉 됐으니 보오. 교정은 내가 그럭저럭 잘 봤답시고 본 모양인데 틀린 데는 고쳐 보내오. 구 군은 한 1,000부 박아서 팔자고 그럽디다. 당신은 50원만 내구 잠자코 있구려. 어떻소? 그 대답도 적어 보내기 바라오.

여기서 '구 군'은 구본웅을 말합니다. 편지의 내용을 보니 구본웅이 이상뿐 아니라 다른 문인들도 도와준 것을 알 수 있습니다. 구본웅 같은 후원가가 없었다면 가난했던 문인들의 작품이 세상에 빛을 보기 어려웠을 수도 있겠습니다. 구본웅은 예술을 이해하고 아낄 줄 알았던 사람이었습니다.

구본웅 본인도 '조선의 로트렉'으로 불리며 굵직한 작업을 이어갑니다. 붓 자국이 다 드러나는 거친 터치와 색감에서 사람들은 '야수파'의 경향을 읽어냅니다. 이런 화풍은 당시 유일무이했으므로 구본웅은 미술사에서도 중요한 위치를 차지합니다. 게다가 구본웅은 비평 활동에도 열심히 참여해 글과 그림으로 그 시절을 기록하는 작가이기도 합니다. 어떤가요?

단순히 친분 관계만 갖고 있던 우정은 아닌 것으로 보입니다. 서로의 예술 의식에, 그리고 예술 세계에 많은 영향을 주고받았던 두 사람의 관계가 그려지지 않나요? 그리고 여기 문인과 화가로서 서로의 친목을 다졌던 작가들이 더 있습니다.

– 정지용과 길진섭

정지용鄭芝溶, 1902~1950은 아주 유명합니다. "보고픈 마음 / 호수만 하니"라고 운을 띄우면 저절로 "눈 감을 밖에."라는 말이 나올 정도입니다. 얼마나 아름다운 언어로 노래했는지 우리 문학사에는 "시에는 정지용"이라는 말이 있을 정도입니다. 실제로 많은 문인이 정지용의 영향을 많이 받았고 가장 존경하는 시인으로 꼽기도 합니다. 영화 〈동주〉에서 정지용을 찾아가는 윤동주의 모습을 떠올리면 고개가 끄덕여지기도 합니다.

정지용의 시풍은 한 마디로 정의하기 어렵습니다. 1930년대 시문학파의 일원으로 순수 서정 세계를 구성했다고 평가되는가 하면, 모더니즘의 기수로 여겨지기도 하죠. 세련된 묘사와 비유로 이미지즘의 세계를 펼쳐갔던 정지용에게 '이미지'라는 것은 그의 예술관을 지탱하는 큰 줄기였을 것입니다. 정지용은 이상과도 개인적 친분은 물론이고 구인회를 함께 조직해서 활동할 정도로 문인으로서의 세계도 공유했습니다. 많은 문인이 그의 주변에 있었고 서로 영향을 주고받았을 것입니다. 그리고 여기 그의 예술관에 중요한 영향을 끼쳤을 화가 길진섭吉鎭燮, 1907~1975도 빼놓을 수 없습니다.

동경미술대학교의 졸업 작품으로 강렬한 눈빛의 자화상을 그린 길진섭은 1930년대 화단에서 굵직한 활동을 펼쳤던 것에 비하면 그렇게 많이 알려지지 않은 화가입니다. 해방 후 서울대학교 교수로 취임하며 미술계에서 활발하게 활동했지만, 이후 월북하면서 그에 대한 연구가 이뤄지지 않았기 때문입니다. 이상과도 각별한 사이였던 것으로 알려진 그는 이상의 데드 마스크를 뜬 사람으로도 기억됩니다. 아쉽게도 마스크와 이상의 유품이 발견되지 않았기 때문에 사람들의 기억 속에 이상의 마지막까지 함께했던 길진섭과 데드 마스크만 언급될 뿐입니다.

길진섭은 정지용과 친했습니다. 둘의 관계는 〈화문행각畫文行脚〉이라는 글을 통해 확인할 수 있습니다. 글과 그림이 여기저기 돌아다닌다는 제목으로만 봐도 아시겠지만, 문인과 화가로서 여행하며 남긴 글과 그림입니다. 둘은 앞서 살펴봤던 변동림의 두 번째 결혼식 그러니까 화가 김환기와 김향안이 된 변동림의 결혼식에서 함께 사회를 보기도 합니다. 이 결혼식의 주례는 고희동이 봤다고 합니다. 문학계와 미술계의 기둥들이 모인 세기의 결혼식이었다고도 볼 수 있겠습니다.

어쨌든 〈화문행각〉은 1940년 1월 28일부터 2월 15일까지 『동아일보』에 발표한 글로 평안남북도와 중국 단동을 여행하면서 쓴 감상문입니다. 정지용이 글을 쓰면 길진섭이 그림을 그리는 그런 여행이었습니다. 실제로 신문 지면도 그렇게 구성됐습니다. 정지용의 글과 길진섭의 그림이 한 면에 같이 배치됐습니다. 두 사람이 여행하며 글을 쓰고 그림을 그렸을 모습은 너무나 낭만적이었을 것 같습니다.

> 무슨 골목인지 무슨 동네인지 알아볼 여유도 없이 걷는다. (…) 오줌도 한데 서서 눈다. 대동강 얼지 않은 군데 군데에 오리목이지처럼 파아란 물일 움찍않고 쪼개져 있다. 집도 친척도 없어진 벗의 고향이 이렇게 고은 평양인 것을 나를 부러워한다.
> – 정지용, 「화문행각 7 – 평양 1」, 『동아일보』, 1940년 2월 6일.

이들의 여행에서 가장 인상 깊었던 곳은 '평양'이었나 봅니다. '길^{길진섭}'의 고향이기도 했던 평양에 들른 두 사람은 길진섭의 추억이 서린 곳을 돌아봅니다. 이미 집도 친척도 없어졌지만, 이렇게 고운 평양이 길의 고향이라는 것이 부럽다고 말하는 부분에서 정지용의 길진섭을 향한 애정 어린 시선을 엿볼 수 있습니다. 길진섭과 함께 여행하며 글을 적어 내려가던 정지용은 무엇을 받아들였을까요?

- 김용준과 이태준

한편 동경에서 공부하던 당시 친구가 돼 작품 세계까지 함께 공유한 인물들이 있습니다. 바로 이태준과 김용준입니다. 앞선 파트에서 "시는 정지용"이라는 말 기억하나요? 그럼 소설에서는 누구였을까요? 그렇습니다. 예상했듯이 답은 '이태준'입니다. 이태준은 1925년 「오몽녀」라는 작품으로 세상에 나와 1930년대 다양한 주제의 소설을 발표하며 우리 문학사의 자리를 공고히 합니다.

이태준이 동경에서 유학하던 당시 자주 왕래하던 김용준은 화가이자 수필가로 다수의 글을 남기기도 합니다. 1920년대 중반, 계급미술과 순수미술이 논쟁을 벌였던 당시 임화로부터 "조선의 돈-키호테"라는 불렸던 김용준은 말 그대로 혜성처럼 화단에 등장했습니다. 젊은 패기로 기존의 논객들과 논쟁을 일으켰던 김용준은 비슷한 논지를 가진 이태준과 같은 편에서 자신의 생각을 발표하기도 합니다.

> 우리는 모두 자취생활을 하고 있었는데 … 가끔 우리 집에 찾아온 사람은 조오지대학에 있던 K란 친구와 와세다에서 하숙생활을 하던 이태준 군이 있었다. 이 군은 그때 나와 친교를 맺은지 얼마 되지는 않았으나 피차에 취미상으로 일맥상통하는 점이 있어 거의 날마다 내왕이 있었다.
> - 김용준, 「백치사와 백귀제」, 『조광』, 1936년 8월.

이들이 같은 예술 의식을 갖게 된 계기는 꽤 오래전으로 거슬러 올라갑니다. 김용준의 회고에 따르면 전공도 달랐던 김용준과 이태준은 예술적으로 뭔가 끌리는 것이 있었나 봅니다. 이태준은 김용준에게 안톤 체호프와 투르게네프를 권하기도 했습니다. 김용준은 뭉크, 비어즐리 같은 그림을 함께 찾아다녔다고 합니다. 보들레르, 말라르메, 베르하렌 등의 시집을 탐독하고 그림을 찾아 헌책방을 매일같이 쏘다닐 수 있었던 것은 비슷한 예술 의식을 가졌기 때문이라고 할 수 있지 않을까요? 아니면 그 반대가 될 수도 있겠습니다. 함께 공부하면서 비슷한 예술 세계를 만들어 갔을 수도 있겠죠. 어쨌든 두 사람은 일본에서부터 마음이 통하는 동지로서 예술 의식을 공유하게 됩니다.

둘이 서로 얼마나 애틋했는지 조선으로 귀국한 후 성북동에 이웃해 살며 함께 예술 활동을 이어갑니다. 김용준은 화가이지만, 『근원수필』이라는 수필집을 내며 문인으로 활동했던 작가이기도 합니다. 이태준이 이런 김용준에게 예술적으로 영향을 받았을 것이라는 짐작은 그가 평소에 회화와 소설을 어떻게 연결해 설명했는지 보면 알 수 있습니다.

묘사란 '그려내는 것'이다. 그림으로 그려내는 것이 아니고 문자로 그려내는 것이 여기서 말하려는 묘사다.
– 이태준, 「글짓는 법 A, B, C」, 『문장강화』, 이태준 전집, 소명출판, 332~333쪽.

실제로 이태준이 가진 문장력은 묘사로부터 나온다고 해도 과언이 아닙니다. 회화에 남다른 관심을 가졌던 이태준이 처음 데뷔한 것도 문학이 아니라 미술평론 분야였습니다. 게다가 1920년대 중후반 계급미술과 순수미술의 논쟁에도 적극적으로 가담한 논객으로 활동하기도 했습니다.

지금까지 구인회와 목일회 회원들의 교우 관계에 대해 살펴봤습니다. 구인회와 목일회 모두 어떤 강령을 발표하지 않은 순수예술을 지향한 단체였습니다. 그리고 이 두 단체의 회원들은 개인적 친분을 바탕으로 서로의 예술 세계에 영향을 끼쳤습니다. 개인적 친분이 있은 다음에 예술적 세계를 형성했을까요? 아니면 같은 예술 세계를 바탕으로 친분을 쌓을 수 있었을까요? 어떤 것이 먼저 온다고 하더라도 두 단체의 관계가 긴밀했던 것을 살펴본 시간이었습니다. 다음은 이들이 어떤 식으로 예술 의식을 공유했는지 살펴보겠습니다.

표현주의

사조라는 것은 작품을 설명하기 위한 보조 수단일 뿐입니다. 따라서 그것을 의도하고 만들어진 작품이라고 하더라도 해석자에 따라 달라질 수 있습니다. 아시다시피 사조 개념은 서양으로부터 들어왔습니다. 이른바 '고전주의'니 '낭만주의'니 하는 사조들이 생겨나게 된 지점이 우리 땅이 아님은 분명합니다. 그리고 서양에서는 개별의 작품이 조금씩 다른 경향을 갖더라도 역사의 순서와 같이 진행됐습니다. 시대의 변화와 발을 맞추며 발전해온 것입니다.

그런데 우리의 상황은 다릅니다. 일본 유학을 통해 그곳에서 사조의 개념을 배우게 된 것입니다. 당시의 학생 한 명을 가정하고 상상해보겠습니다. A라는 학생은 큰 배를 타고 바다를 건너 일본으로 건너갑니다. 유학생인거죠. 기차도 타고 대합실에서 오래 기다리기도 하고 배를 타고 아주 오랜 시간이 걸려 일본에 도착합니다. 그리고 학교에 입학하죠. 일본어로 서양의 역사를 배웁니다. 함께 사조의 경향도 배웁니다. 시간의 순서대로 발전을 이룩한 서양의 역사를 공부하며 A는 한꺼번에 많은 것을 수용해야 합니다. 그리고 그중에서 자신의 경향에 맞는 사조를 찾습니다. 아니 사조를 찾고 작품을 창작하는 경우도 있겠지만, 창작하고 난 후 내 경향과 맞는 사조를 찾을 수도 있겠네요. 어쨌든 A는 유학을 통해 새로운 세계를 경험하고 자신만의 사조를 받아들이게 됩니다.

또 다른 학생 B 역시 유학생입니다. A와 같이 다양한 사조를 익히고 또 다른 경향으로 자신의 작품에 받아들일 것입니다. A와 성격도 성향도 다른 B는 A와는 다른 사조를 자신의 작품에 반영하고자 합니다. 그리고 또 다른 학생 C는 …. 유학생들의 숫자는 시간이 지날수록 점점 늘어나게 됩니다. 이 학생들은 귀국해 자신들의 작품을 조선에 발표합니다. 학교에 들어가 교육을 하기도 합니다. 결국 우리는 이런 사조를 순차적 순서로 받아들인 것이 아니기 때문에 여러 가지 경향이 섞여 있을 수밖에 없습니다. 그러니 하나의 작품에 하나의 사조를 적용하는 것도 무리가 있습니다.

표현주의 역시 이런 사조의 하나이지만, 또 다른 의미로는 남은 사조들의 성향을 묶는 데 유용하게 쓰이기도 합니다. 왜냐하면 표현주의 '표현'이라는 것이 자신의 주관을 자신의 방법으로 작품에 표현한다는 의미이기 때문입니다. 때문에 표현주의는 한 마디로 정의할 수 없으며 연구자에 따라 조금씩 다르게 해석되기도 합니다.

재미있는 것은 당시 최첨단을 달리는 '표현주의'라는 사조가 역설적이게도 우리의 '전통'과 연결된다는 점입니다. 어떻게 서양의 사조가 우리의 전통과 연결된다는 것일까요?

표현주의가 우리 조선에 처음 소개된 것은 1920년의 임장화에 의해서였습니다. '임노월'이라는 이름으로 더 알려진 그는 「최근의 예술운동」이라는 글을 통해 표현파와 악마파, 그러니까 표현주의와 악마주의 혹은 유미주의에 대해 이야기합니다. 이들은 자연의 인상을 그대로 재현하는 예술이 아니라 주관에 의해 자연을 마음대로 변형하는 주관적 세계를 표현하는 예술이라고 표현주의에 대해 소개했습니다. 하지만 이때 당시만 해도 표현주의는 많은 작가의 주의를 끌지 못했던 것 같습니다. 아직 자연의 인상 그대로를 재현하는 서양의 '풍'을 받아들이는 것에도 벅찼기 때문입니다. 특히 표현주의는 '반아카데미적' 성격을 띠어야 하는데 1920년대는 아직 아카데미즘이라는 것이 형성되지도 않았던 시기였습니다. 이제 막 협전과 선전이 발을 내딛은 시기였기 때문입니다.

그런데 1930년대가 되면 새로운 세계를 경험하고 온 작가들의 숫자가 많아진 것과 더불어 무조건적인 서구화와 그에 익숙해진 아카데미즘에 반대하는 작가들의 숫자도 많아지게 됩니다. 서구의 것을 받아들이는 과정을 거쳐 과연 우리 '전통적인 것'은 무엇인지에 대한 고민하게 된 것이죠. 그런데 우리의 전통적인 것에서 작가들은 표현주의와의 공통된 뭔가를 발견합니다.

우리의 문인화는 객관적 세계를 있는 그대로 그려내는 것에 의의를 두지 않습니다. 그것을 쓰고 그리는 작가의 마음이 들어간 것이라 여기는 것이죠. 추사의 〈세한도〉만 봐도 그렇습니다. 작품 안에 그려진 집과 나무들은 원근법적 법칙에 전혀 맞지도 않을뿐더러 구도도 불안정합니다. 하지만 우리에게 그런 것은 중요하지 않습니다. 추사의 곧고 맑으며 깨끗한 정신이 얼마만큼 반영됐는지가 더 중요합니다. 그래서 〈세한도〉는 두고두고 회자되는 것입니다. 우리 전통의 그림에서 이런 '정신성'을 발견한 이들은 이를 자신들의 작품에 반영하고자 합니다.

하지만 앞서도 한 번 언급했던 것처럼 전통을 중요하게 여긴다는 것이 단순히 과거로 회귀를 말하는 것은 아니었습니다. 과거로 회귀한다면 그저 전통의 것을 재현하는 것에 그쳤겠죠. 이들은 그보다 한 발 나아가길 원합니다. 바로 서양의 그것과 적절한 조화를 이루게 하는 것이죠. 그리고 이는 서양의 사조 중 하나인 '표현주의' 양식으로 드러납니다.

앞서 살펴봤던 화가 구본웅, 길진섭, 김용준과 문인 이상, 정지용, 이태준의 작품에는 이런 표현주의적 표현이 드러납니다. 모두 구인회와 목일회로 활동했던 작가들이죠. 애초에 단체를 만들 때 전제로 뒀던 '순수예술' 외에 작품을 드러내는 방식에서도 공통점을 가진 것입니다. 하지만 기존의 문예사에서 이들의 작품은 각기 다른 사조로 묶여 있었습니다. 예를 들어 구본웅은 야수주의로, 이상은 초현실주의로 말이죠. 하지만 표현주의로 이들 작품을 설명하면 구인회와 목일회 회원들의 작품을 모두 같은 사조 안에 포함할 수 있게 됩니다.

구본웅의 작품을 한 번 살펴보겠습니다. 앞서 〈우인의 초상〉에 대해서는 언급했으니 이번에는 〈여인〉이라는 다른 작품을 살펴보겠습니다. 구본웅이 그려낸 이 여인은 현실 세계에는 존재하지 않는 형태를 갖습니다. 선은 매우 거칠게 표현됐으며 기존의 우리가 아는 선과 색의 개념을 완전히 벗어납니다. 초록과 빨강 등의 원색의 사용과 검은 윤곽선은 여인의 실제 모습에서 나온 것이 아니라 구본웅의 마음 깊은 곳에서 나온 것입니다. 세밀한 부분은 과감히 생략해버리고 색채와 선만으로 원시적이고 본능적인 이미지만 남겨두고 있습니다.

이런 성향이 문학에서는 어떻게 드러날까요? 글과 그림이라는 표현 방식의 차이를 두고 있기에 그것이 같은 방향으로 나올 수는 없지만, 기본 전제는 같습니다. 바로 주관의 표출이라는 것이죠. 그러기 위해서는 기존의 것에서 과감히 벗어나야 합니다. 구본웅의 작품이 기존의 여인상에서 벗어난 것처럼 말입니다. 이렇게 듣고 나면 강렬하게 떠오르는 한 사람이 있습니다. 바로 '이상'이지요. 아시다시피 이상의 시에는 띄어쓰기가 없습니다. 시각적으로도 음악적으로도 기존의 방식에서 탈피했습니다. 게다가 자신만이 알아들을 수 있는 말들을 늘어놓고 있어 지나치게 주관 속으로 파고듭니다. 이런 방식은 현실을 초월한 경향으로 여겨져 '초현실주의'라고 분류되기도 했습니다. 그런데 어떤가요? 표현주의적 시점으로도 충분히 설명할 수 있지 않나요?

이상의 작품은 워낙 그 성향이 강렬하니 그럼 다른 이의 작품을 한 번 보겠습니다. 순수 서정예술을 이룩했다고 여겨지

구본웅, 〈여인〉, 1930년, 국립현대미술관 소장.

야수파로 구분되는 구본웅의 대표적 그림이다. 거친 터치와 색감으로 자신의 주관적 세계를 나타낸 '표현주의'의 양상을 볼 수 있는 그림이기도 하다. 과감한 보색 사용과 여인의 포즈, 눈빛 등이 구본웅만의 스타일을 만들어냈다.

는 정지용은 어떨까요? 그의 작품에 기존의 개념에서 탈피한 자신만의 주관 표출이 이뤄졌을까요?

> 눈 머금은 구름 새로
> 힌달이 흐르고,
>
> 처마에 서린 탱자나무가 흐르고,
>
> 외로운 촉불이, 물색의 보금자리가 흐르고…
>
> 표범 껍질에 호젓하이 쌓이여
> 나는 이밤,「적막한 홍수」를 누어 건늬다.
> - 정지용,「밤」전문.

 일반적으로 원관념과 보조관념으로 이뤄진 '비유'는 서로를 떠오르게 하는 이미지로 연결됐습니다. 비유를 사용하는 이유는 원관념을 명확하게 이해하기 위함입니다. 하지만 표현주의에서는 익숙한 이미지들을 서로 묶지 않습니다. 오히려 낯설고 서먹한 이미지들을 한 자리에 모음으로써 새로운 감상을 가능하게 하는 것입니다. 구본웅의 그림처럼 실제 현실의 세계와는 다릅니다. 작가의 마음속에 있는 이미지들이 합쳐지기에 원관념과 보조관념의 유사성도 필요 없죠.
 위 시는 현실의 세계를 그리는 것이 아니기 때문에 '처마'에

'탱자나무'가 흐르기도 하고 '외로운 촛불'과 '물새의 보금자리'도 흐를 수 있습니다. 처마에 흐르는 탱자나무, 상상할 수 있나요? 물새의 보금자리와 외로운 촛불의 이미지도 연결하기 어렵습니다. 표범 껍질에 싸여 적막한 홍수를 누어 건너는 밤은 일반적 감상을 돕는 비유는 아니지만, 정지용의 내면 세계를 드러내는 것에 있어 충분한 것이죠. 그리고 아이러니하게도 이렇게 낯선 이미지들은 새로운 심상을 만들어냅니다. 열린 결말처럼 열린 이미지가 독자의 마음에 작용하기 때문입니다.

물론 이상이 그러했던 것처럼 형태의 파격적 변형을 가져온 것은 아니기에 정지용의 시는 '온건한 표현주의'[10] 작품으로 지칭되기도 합니다. 어쨌든 그것이 과격하거나 온건하거나 심상에 대한 낯선 시도를 했다는 것이 중요합니다. 이는 정지용이 화가 김용준과 길진섭, 그리고 목일회 회원들과의 교류를 통해 형성된 이미지에 대한 고민이 반영된 것이라고 볼 수 있지 않을까요.

『문장』의 탄생

　지금까지 구인회와 목일회 회원들의 개인적 친분 관계와 거기서 공유한 예술 의식에 대해 살펴봤습니다. 서구화된 예술을 경험했던 작가들이었기 때문에 전통을 접목한 우리의 예술을 만들어야 한다는 것, 그리고 그것이 표현주의라는 사조로 나타났다는 점까지 살펴봤습니다. 동양주의와 표현주의의 공통적 속성이라고 할 수 있겠습니다.

　우리 '조선적인 것'을 어떻게 표현해야 하는지에 대한 고민은 전통을 꼭 전통 방식으로 표현하지 않고 새롭게 드러낼 수 있어야 한다는 결론으로 나아갔습니다. 이들의 작품에서 표현주의라는 공통의 특징을 만들어낼 수 있었던 것은 같은 예술 의식을 바탕으로 활동했기 때문이었습니다. 심상을 그려내는 문학과 미술이 서로 다른 방식이지만, 같은 예술 의식을 가졌기에 구인회와 목일회 회원들의 작품에 비슷한 형식을 만들어낸 것입니다.

　그리고 1939년 2월, 구인회와 목일회 회원이었던 이태준, 김용준, 정지용, 길진섭 등의 합작으로 『문장』이 탄생합니다.

　앞선 논의를 통해 우리는 근대 문예사에서 '잡지'가 어떤 위치를 차지했는지 살펴봤습니다. 근대 초입에의 잡지는 독자를 등장시켰고 매체로서 역할을 해냈습니다. 또 신문과 다른 성격으로 단편 소설의 성행을 가져오기도 했습니다. 특정 잡지의 성격을 보면 그 시대에 유행했던 문예 성향을 알 수 있을 정도였습니다. 그만큼 우리 근대사에서 '잡지'가 가진 의미는 중요합니다.

그리고 여기 문학지『문장』이 있습니다.『문장』은 잡지들 가운데서도 더욱 의미를 가집니다. 이들이 세상에 나온 시기만 봐도 그렇습니다. 1939년, 문예사에서 '암흑기'라고 불리는 시기에 세상의 빛을 보게 됩니다. 1937년 중일 전쟁이 발발하자 일제는 '황국신민화 정책'을 실시하는데 조선을 중국 대륙 침략을 위한 거점으로 삼아 병참기지로 만들고 조선인들을 전쟁에 동원하고자 합니다. 따라서 조선에 대한 탄압이 거세지고 문단에 대한 검열도 강해지던 시기였습니다.

1938년에는 신사참배를 거부하는 학교가 폐교됐고, 학교의 교원과 관공리들에게 제복 착용을 강요했습니다. 문화 통치 이전 무단 통치였던 때를 떠오르게 합니다. 하지만 상황은 훨씬 더 심각했습니다. 1939년에는 제2차 세계 대전이 발발해 국민 징용령이 내려졌고 11월에는 창씨개명을 하게 됐습니다. 중일 전쟁으로 조선을 병참기지화하려 했던 일본이 제2차 세계 대전까지 발발하자 탄압의 강도를 높이고 민족의 정신도 말살하고자 했던 것입니다. 결국 1940년에는 대표 매체였던『조선일보』와『동아일보』가 강제로 폐간당하고 맙니다.

이런 상황에서 1939년에 발간된『문장』이 순한국말을 사용하며 아슬아슬한 줄타기를 이어가다 더는 뜻을 펼치지 못하게 되자 1941년, 스스로 폐간하고 맙니다.

그렇다면『문장』이 다른 잡지와 다르게 더 특별하게 언급돼야 하는 이유는 무엇일까요? 그것은『문장』이 가진 완성도 때문입니다. "시에는 정지용, 소설에는 이태준"이라는 말 기억하죠? 그런데 이『문장』에는 정지용과 이태준이 모두 참여했습니다. 시조의 '이병기'까지 합세해 '문장파 3인'[11]으로 불리기도 하죠. 사실상 이태준이 편집을 맡았기 때문에 문장에는 이태준에 의해 '엄선'된 작품들이 실렸습니다. 그래서 문장에 실린 작품들은 하나도 빼놓을 작품 없이 아름답고 훌륭합니다. 예술적으로 굉장히 뛰어난 작품들이었던 것이죠.

게다가『문장』은 '추천제'를 시행했기 때문에 많은 문인이『문장』을 통해 등단하게 됩니다. 이 추천제의 선정위원이었던 인물들이 이태준, 정지용, 이병기입니다. 당시 조선 최고의 문인들에게 추천을 받고 등단한 문인들은 이후 다음세대의 최고가 되어 우리 문단계를 이끌어가게 됩니다.『문장』을 통해 발표된 작품 수는 소설 182편, 시 172편, 시조 25편 등으로 다수의 명작이 탄생합니다.

그 수준이 높았기 때문이었을까요. 다른 잡지들이 고전을 겪는 와중에『문장』은 창간호가 발매된 지 5일 만에 절판이 되고 보통 임시 휴간을 맞는 여름에도 특집호를 내는 등 대중으로부터도 인기를 얻습니다.

매해 여름이면 다른 잡지사雜誌社에서는 임시 휴간臨時休刊을 하는 것
이 통례通例로 됐는바 이번 문장사에서 특히 하기 소설 특집을 발간
하리라고.

-『동아일보』, 1939년 7월 2일.

　그런데 『문장』이 이렇게 대중으로부터 인기를 얻을 수 있
었던 이유는 단지 문학성이 뛰어나서만은 아니었습니다. 보
기 좋은 떡이 먹기도 좋다고 하죠? 비슷한 성능의 뭔가를 고
를 때 그것의 외형을 보고 골랐던 경험도 있을 것입니다. 책도
마찬가지입니다. 안의 내용이 아무리 알찬들 겉으로 보기에
그렇지 않다면 손이 가지 않을 것입니다. 창간호부터 이미 입
소문을 탔던 문장의 표지는 다른 어느 잡지보다 독보적입니
다. 글의 내용만큼이나 중요했던 것은 대중의 눈길을 끈 표지
였습니다. 이미 『조선중앙일보』에서 학예부장으로 활동했던
만큼 대중이 원하는 것을 이해하고 있었던 이태준은 책의 표
지에 대해서도 굉장히 중요하게 생각했습니다.

　冊만은 '책'보다 '冊'으로 쓰고 싶었다. '책'보다 '冊'이 더 아름답고
더 '冊'답다. 책은, 읽는 것인가? 보는 것인가? 어루만지는 것인가?
하면 다 되는 것이 冊이다. … 책은 한껏 아름다워라. 그대는 인공
으로 된 모든 문화물 가운데 꽃이요, 천사요, 또한 제왕이기 때문
이다.

- 이태준, 「책」, 『무서록』, 이태준 전집, 소명출판, 2015년, 82쪽.

이태준이 '책'을 한글이 아닌 '冊'으로 쓰고 싶은 이유는 그 글자가 여러 권의 책을 꽂아놓은 모습의 상형문자이기 때문입니다. 책은 읽기만 하는 것이 아니고 어루만지기도 하고 보기도 하는 것이기에 한껏 아름다워야 한다고 말합니다. 인공으로 된 모든 문화물 가운데 제일의 '꽃'이 되기 위해서는 훌륭한 내용뿐 아니라 아름다운 표지도 필요했습니다. 이미 대중의 요구를 경험했던 이태준이 이를 너무나 잘 이해하고 있었던 것이죠.

그래서인지 『문장』은 남다른 표지화의 예술 철학을 가졌습니다. 단순히 아름답기만 한 표지를 그린 것이 아니었습니다. 당시 미술 논쟁에 함께 했던 김용준을 필두로 목일회 회원이었던 길진섭, 구본웅, 그리고 한국 화단에서 가장 주목받던 김환기 등 당대 최고의 화가들이 참여합니다. 특히 김용준과 길진섭은 매번 새로운 아름다움으로 표지를 만듭니다.

> 앞으로 지금까지 우리가 느껴온 상업 미술의 의미에서의 표지가 아니고, 한 개의 작품으로 표지를 살려 나갈 작정이다.
> - 길진섭, 「여묵」, 『문장』, 1939년 3월.

이들이 문장의 표지를 대하는 자세가 심상치 않습니다. 한 개의 작품으로 표지화를 그리고자 했던 이들의 노력으로 『문장』은 표지에서부터 자신들의 전통 지향적 성격을 드러냅니다. 대문격인 '文章'도 추사 김정희의 글자를 집자集字한 작품

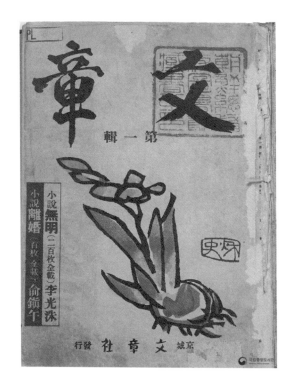

『문장』창간호 표지, 문장사, 1939년 2월.

추사 김정희의 글자를 집자해 만든 글씨와 마찬가지로 추사가 그린 수
선화를 가져와 만들었다. 이후 문장이 지향하는 전통 지향성을 한눈에
살펴볼 수 있다.

입니다. 그러니까 김정희의 글자를 찾아 붙였다는 말입니다. 창간호에 그려진 수선화도 추사의 작품입니다. 이는 매우 의미 있는 시도로 볼 수 있는데요. 『문장』이 가진 전통성을 향한 전반적 성향을 보여주는 부분이기 때문입니다.

이후 길진섭과 김용준에 의해 주도된 문장지의 표지화는 '신문인화新文人畵'[12]로 불리며 입지를 다져갑니다. 그런데 '문인화'란 무엇일까요? 왜 문장 참여 작가들이 문인화를 그려내는 데 집중했을까요?

문인화는 기본적으로 '시서화' 삼절의 요건이 드러나야 합니다. 하지만 그것이 꼭 필수 요소는 아닙니다. 가장 중요한 것은 '정신'이지요. 즉 문인화는 그림으로서의 기교를 추구하기보단 문인들의 사상을 드러내는 것을 중시합니다. 그림 안에 작가의 인품이 드러난다고 믿는 것이죠. 문장의 표지화를 담당했던 화가들은 시서화를 하나의 그림에 녹아내리려는 노력과 더불어 선비의 정신을 드러내고자 합니다.

재미있는 점은 길진섭도 김용준도 모두 서양화가 출신이라는 점입니다. 당시 조선인으로서 접근할 수 있는 가장 첨단의 공간에서 서양화를 배우고 그리던 이들은 조선에 돌아와 논쟁을 벌이며 자신들의 예술 의식을 다져갑니다. 일본에서 서양화를 수학할 당시는 형식이나 기교 등을 받아들이는데 집중했다면 조선으로 돌아오고 나서 자신만의 예술 세계를 구축해 나간 것이죠. 그것이 바로 앞서 살펴봤던 '동양주의'로의 회귀였습니다. 동양주의를 구현하기 위해 표현주의 양식을 빌리며 자신의 주관을 드러내는데 집중했던 이들은『문장』에 이르면 전통이야말로 우리에게 가장 필요한 예술 양식이라고 결론을 내리게 되는 것입니다. 그래서 '신문인화'로 평가되는 작품들을 그리며 자신의 예술 세계를 드러내는 것이죠. 실제로 김용준은 이후 동양화가로 전향하기도 합니다.

1940년 2월호는『문장』개간 1주년 특집으로 진행됐습니다. 그 표지화에는 백자 술병과 잔이 올려 있는 소반이 그려져 있고 바닥에는 매화와 수선, 그리고 과일이 들어 있는 접시가 놓여 있습니다. 옅은 농도로 그려 있어 비어 있는 것처럼 보이는 배경에는 산, 구름, 학, 노루 등이 그려졌습니다. 그릇과 화초, 과일, 채소류를 함께 그리는 '기명절지화器皿折枝畵'의 형식을 취한 이 그림은, 홀로 술을 마시며 자신이 좋아하는 매화와 수선화를 즐기는 김용준의 여가 시간을 떠오르게 합니다. 백자 술병에 적힌 글귀도 세속에서 멀어지고 전원에서 자유를 찾는 내용입니다. 우리 문인들이 그려낸 이상의 세계를 보고 있는 것 같습니다.

그런데 또 다른 시각으로 살펴보면 단순히 동양화의 '기명절지화'뿐 아니라 서양화의 '정물화'도 떠오르게 합니다. 화면에 놓인 과일과 꽃과 술이 그러합니다. 동양화를 재현함에 있어 서양화의 시각을 경험했던 김용준이기에 가능했던 것입니다. 동양적 방식에 서양화적 요소를 배제하지 않음으로써 문인화에서 한 걸음 더 나아간 신문인화를 탄생시킬 수 있었던 것입니다.

동양화적 기법에 심취한 것은 표지화뿐이 아니었습니다. 전통 기법을 활용하는 화가들과 함께 작업을 이어가던 문인들도 이런 흐름에 영향을 받았기 때문입니다. 추사의 글과 그림을 차용하기도 하지만, 실제로 동양화적 기법을 사용한 문학론을 발표하기도 하면서 『문장』은 자신만의 색을 굳힙니다.

> 시의 자매 일반예술론에서 더욱이 동양화론 서론에서 시의 방향을
> 찾는 이는 빗둘은 길에 들지 않는다.
> — 정지용, 「시의 옹호」, 『문장』, 1939년 6월.

정지용이 이야기하고 있는바 시에서 동양화적 글을 쓴다면 비뚤은 길에 들지 않을 것이라 말하고 있습니다. 그렇다면 정지용은 어떻게 동양화의 기법을 시에 적용했을까요? 정지용이 말하는 동양화론의 서론격에 해당하는 부분이 어떤 것인지 살펴보도록 하겠습니다.

'동양화'라는 말을 들었을 때 떠오르는 이미지를 그려보겠습니다. 지금까지 오면서 머릿속에 그려졌던 여러 이미지가 있을 것입니다. 동양화는 어떤가요? 상상하는 주체에 따라 그 안의 내용과 제재는 달라질 것입니다. 하지만 동양화에서 공통으로 찾을 수 있는 것이 있습니다. 바로 정지용이 서론격으로 생각하는 것이겠지요. 동양화 서적에서도 찾을 수 있는 이 중요한 요소는 '여백空'과 '세勢'로 꼽을 수 있습니다.[13] 비어두는 공간인 '여백'과 추상적이어서 감이 오지 않는 '세'가 어

떻게 동양화의 서론에 해당되는 것인지, 그리고 그것을 어떻게 시에 적용했는지 선뜻 이해하기 어렵습니다.

여백은 비어 있는 공간입니다. 서양화에서는 배경을 색으로 메우는 반면, 동양화는 주主와 객客이 되는 사물만 그리고 배경은 비워두는 경우가 많습니다. '세'는 동양화 기법 연구 책에서 가고 오고 바로 서기도 하고 거꾸러지기도 한다고 표현하기도 하는데 말 그대로 형상의 '운동감'을 말합니다. 우리말로 '기세'라고 하면 이해하기 쉬울까요? 서양화에는 없는 기운으로 지극히 주관적 개념이라고도 할 수 있겠네요. 여백과 세는 동양화의 구도를 만드는 근본이 되는 개념으로 둘은 서로 따로 작용하기도 하고 또 같이 묶어 해석되기도 합니다.

그런데 정지용이 이런 '여백'과 '세'의 기법을 시를 짓는데 활용했습니다. 우선 그가 문장지에 실은 「장수산」이라는 시를 보겠습니다. 이 시에는 두 가지의 여백이 존재합니다. 먼저 눈에 들어오는 행간의 여백이 그 첫 번째이고 두 번째는 시의 내용에 등장하는 여백이 그것입니다. 행간의 여백은 원문에서만 볼 수 있습니다. 『문장』에 실린 「장수산」을 보면 특정 어절이 끝날 때마다 띄어쓰기를 여러 번 둬 의도적 여백을 두고 있음을 알 수 있습니다. 하지만 눈에 보이는 여백만 있는 것은 아닙니다. 시의 내용을 보면 한 폭의 그림에 그려지는 여백이 느껴집니다.

벌목정정伐木丁丁이랬거니 아름도리 큰솔이 베혀짐즉도 하이 골이 울어 멩아리 소리 쩌르릉 돌아옴즉도 하이 다람쥐도 좇지 않고 뫼ㅅ새도 울지 않어 깊은산 고요가 차라리 뼈를 저리우는데 눈과 밤이 조희보담 희고녀! 달도 보름을 기달려 흰 뜻은 한밤이 골을 거름이란다? 우ㅅ절 중이 여섯판에 여섯 번지고 웃고 올라간뒤 조찰히 늙은 사나히의 남긴 내음새를 줏는다? 시름은 바람도 일지 않는 고요에 심히 흔들리우노니 오오 견디랸다 차고 올연兀然히 슬픔도 꿈도 없이 장수산長壽山 속 겨울 한밤내!

– 정지용, 「장수산」 전문.

첫 대목인 '벌목정정'은 『시경』에 등장하는 구절로 커다란 나무를 산에서 벨 때 쩡하고 큰 소리가 난다는 뜻입니다. 하지만 '-즉도 하이'라는 구절을 보니 실제로 산에서 큰 소리가 났다기보다 작가의 상상임에 더 가깝게 보입니다. 큰 소리가 울리는 상상 속 산의 풍경과 대조적으로 실제 산에는 '다람쥐도 좇지 않고 뫼ㅅ새도 울지 않어' 고요할 뿐입니다. 그 고요가 얼마나 정적인지 뼈가 시릴 지경이라네요. 종이보다 하얀 눈과 밤, 그리고 보름달의 흰 빛이 산을 비추는데 그 산 속 절의 중이 바둑 여섯 판에 여섯 번을 모두 지고도 웃으며 올라가는 모습이 보입니다. 보통 내공으로 할 수 있는 일이 아니죠. 마지막 연에서 표현하고 있는 것처럼 시름도 슬픔도 올연히 견디고자 하는 화자의 모습을 드러낸 것은 아닐까요?

산수화 한 편을 보는 듯합니다. 실제로 최동호는 1930년대 중반부터 1941년까지 정지용의 시를 '산수시'라고 명명합니

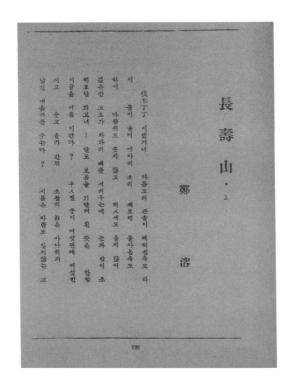

정지용, 「장수산」 1, 『문장』, 1939년 3월.

글 속의 여백뿐 아니라 실제로 글자와 글자 사이를 띄워 또 다른 여백을 만들어냈다. 동양화 기법에 심취했던 정지용이 의도적으로 만든 여백이라고 볼 수 있다. 해금 이전 '정지용'이라는 이름을 온전히 적지 못한 흔적도 찾을 수 있다.

다.[14] 구인회와 『문장』으로 활동할 시기와 정확히 겹칩니다. 이 시기에 정지용은 동양화 기법에 심취했음이 분명합니다.

정지용의 시를 그림으로 옮겨보겠습니다. 산 위에 쌓인 흰 눈과 흰 달, 그리고 그 달에 비친 흰 빛의 산의 정경은 동양화로 그려낼 때 굳이 붓을 대지 않아도 되는 공간입니다. 여백은 '비어 있는 곳'이기 때문입니다. 하지만 이 비어 있는 공간은 역설적이게도 비어 있지 않은 공간이기도 합니다. 붓으로 표현되지 않았음에도 그 공간으로서 꽉 차 있기 때문입니다.

그럼 '세'는 어떻게 표현되고 있을까요? 앞서 언급했던 것처럼 '세'는 운동감을 말합니다. 그림에서 이를 표현하기 위해서는 여러 번의 굴곡을 활용합니다. 즉 높고 낮음, 멀고 가까움 등을 교차해 사용하면 동적인 표현이 된다는 것입니다. 정지용은 동양화의 이 '세'를 이해하고 있었던 것 같습니다. 위의 시를 예로 들어볼까요.

눈이 쌓이고 그곳에 달빛이 비칠 정도로 산은 웅장하고 높습니다. 산이 품고 있는 나무는 얼마나 큰지 베어지면 쩌르릉 소리를 낼 정도입니다. 그만큼 산은 높고 큰데, 그 가운데 뼈가 저릴 정도의 고요는 쌓인 눈과 달빛의 여백과 함께 청정하고 단정한 느낌을 줍니다. 그런 높은 산에 달빛이 내려오고, 조찰한 늙은 중은 산으로 올라갑니다. 산을 울리는 소리와 또다시 급격하게 찾아온 고요, 그리고 산을 내려오는 달빛과 산으로 오르는 중의 움직임이 시에 운동감을 더하고 있습니다. 단순히 산을 배경으로 그려낸 것이 아니라 기세와 동적인 움직임을 함께 표현했다는 것입니다.

이뿐 아닙니다. 정지용에 의해 『문장』으로 등단해 청록파의 이름을 얻은 박목월, 조지훈, 박두진을 포함해 박남수, 이한직, 김종한 등의 시가 전통성을 향했다는 점에서도 이와 같은 정지용의 시적 지향성을 알 수 있기도 합니다.

『문장』에는 문인들뿐 아니라 화가들도 활발하게 글을 발표했습니다. 특집을 낼 때에는 축전을 그려 글을 발표하기도 했죠. 정현웅이 그린 유명한 '미스터 백석'의 초상화도 『문장』에 실렸던 그림입니다. 우리 문단사에서 최고의 잡지로 기억되는 『문장』은 하루 아침에 이뤄진 것이 아니었습니다. 우리 문예사에 문학과 미술이 서로의 자리를 잡아가는 그때부터 시작되어 때로는 서로의 세계에 빠져, 때로는 격렬한 논쟁을 이루며 '근대 예술'로 함께 발전해왔습니다. 그 안에서 획득할 수 있었던 '문학성' 혹은 '회화성'은 이렇게 직접 몸으로 부딪히고 섞이면서 발현될 수 있었습니다.

1941년 『문장』은 개간 2년 반 만에 폐간합니다. 『문장』뿐 아니라 함께 우리 문예사를 이끌던 인문평론지도 비슷한 운명에 처해집니다. 친일 잡지로 바뀌면서 사실상 폐간에 이르렀지요. 그리고 우리의 예술은 해방을 하는 1945년까지 어둡고 좁은 통로를 지나게 됩니다.

해방 후 우리의 예술은 극단적 사상 대립이 일어나게 되고 얼마 지나지 않아 한국 전쟁까지 겪게 됩니다. 1950년대가 되면 문학과 미술은 서로의 장르로 독립을 이룹니다. 문인들의 미술비평이 사라진 것도 이 즈음입니다. 그렇다고 모든 문인과 화가가 서로의 손을 놓아버렸다는 것은 아닙니다. 여전히 문학과 미술은 친연성으로 끊임없이 소통하고 있습니다. 다만 예전에 비해 늘어난 예술가들의 숫자와 예술이 가진 다양성 자체로 문학과 미술이 서로 보이는 관심이 작아진 것처럼 보일 뿐입니다.

근대의 심상

지금까지 우리 근대 문학과 미술이 어떻게 서로 소통했는지에 대해 살펴봤습니다. 시기를 '근대'로 잡고 있지만, 사실 그 전부터 이런 관계는 계속돼 왔습니다. 물론 지금도 마찬가지입니다. 처음 시작할 때 언급했던 것처럼 문학과 미술은 '심상'을 전제로 하고 있기에 서로에게 영향을 끼칠 수밖에 없습니다. 글과 그림의 친연성은 이 심상에서 시작되는 것입니다.

서양화가 도입되고 우리에게 '근대'라는 새로운 세상이 열렸을 때 문학과 미술은 한층 더 가까워질 수밖에 없었습니다. 물론 '근대'가 시작됐다고 해도 하루아침에 세상이 쨍하고 바뀌는 건 아니었을 것입니다. 어제까지 중세였다가 오늘부터 근대가 시작되는, 그런 변화는 아니기 때문입니다. 그럼에도 이 시기는 지금과는 비교도 되지 않을 정도로 세상이 빠르게 변했을 것입니다. 이전까지 없었던 새로운 문물이 들어와 사람들을 놀라게 했을 것이기 때문입니다. 미술도 마찬가지였죠. 이전까지 없던 서양화라는 새로운 양식의 그림이 눈앞에 떡 나타났으니 그 세상이 새롭고 신기했을 것입니다.

문인들에게도 미술이라는 세계는 굉장히 매력적으로 다가

왔을 것입니다. 근대적 글쓰기, 그러니까 '새로운 글쓰기'를 시작했던 이들은 미술에서 어떤 새로움을 찾았을 것입니다. 게다가 글과 그림이 독자에게 다가서기 위해서는 서로가 필요했습니다. 잡지를 만들거나 전시를 하거나, 독자와 감상자를 만나기 위해서는 글과 그림이 함께 해야 했기 때문이죠. 그래서인지 문인과 화가들은 서로에게 묘한 이끌림을 느끼게 됩니다.

첫 서양화가였던 고희동의 귀국 이후 조선의 문예계는 많은 것이 바뀝니다. '서양화'라는 새로운 시각 예술을 보여주는 전람회가 개최되며 대중에게 문화 공간이 생기게 된 것입니다. 전람회를 감상한 문인들은 기사를 내거나 평을 썼고, 또 그림을 그리는 화가들은 책이나 잡지 표지에 참여하며 문학적인 그림을 그립니다. 말 그대로 공생의 관계였죠.

유학을 통해 그림을 그리고 글을 쓰는 사람들의 숫자가 늘어나면서 조선의 문단과 화단도 북적이기 시작합니다. 그리고는 자연스럽게 우리 예술에 대한 고민으로 옮겨가게 됩니다. 아시다시피 당시는 일제 강점기였습니다. 이름은 '서양화'지만, 일본을 통해 들여온 왜곡된 형태의 서양화일 수밖에 없었습니다. 후에 서양권으로 유학을 가는 이들도 생겼지만, 극소수에 불과했습니다. 그러니 우리가 시작한 새로운 미술이라는 양식이 도대체 어떻게 구성돼야 할지 고민이 생기게 된 것이죠.

프롤레타리아 미술 논쟁이나 심미주의 혹은 동양주의 논

쟁으로 불리는 여타의 논쟁들은 이런 예술가들의 고민을 들여다볼 수 있는 사건들이었습니다. 흥미로운 점은 이런 논쟁에 문인들도 활발히 참여했다는 점입니다. 그리고 이런 참여는 문인 본인들의 예술관을 다지는 데 도움이 됐습니다. 미술에 관한 이야기를 전개하고 있지만, 그런 논쟁을 통해 자신의 문학관을 다지는 계기가 되기도 합니다. 미술 안으로만 함몰되지 않았다는 것이죠. 예술 일반의 혹은 자신의 예술 의식을 확인하는 시간이었습니다.

예술관을 확인한 이들이 삼삼오오 모여 예술 운동을 시작합니다. 예술 '운동'이라고 하니 뭔가 거창하게 느껴질 수도 있습니다. 하지만 자신들의 창작 활동에 전념하고 또 이를 세상에 공개하는 데 열심이었던 것으로 설명하면 되겠습니다. 그 대표가 되는 단체가 바로 구인회와 목일회입니다. 이전 논쟁을 통해 예술 의식을 확인한 예술가들은 함께 모여 단체를 조직하고 강연회나 전시회를 열면서 서로에게 영향을 받습니다. 그래서 이들은 이후 문단사에 길이 남는 잡지 『문장』을 창간하기에 이르죠.

아쉬운 점은 이후로 우리 문예계는 암흑기에 든다는 점입니다. 일제의 탄압이 심해진 것도 있지만, 해방과 정치적 대립의 혼란기와 한국 전쟁 등의 소용돌이 속에서 전과 같은 활발한 교류 양상을 찾을 수 없게 됐기 때문입니다. 물론 문학과 미술이 상호 작용을 하지 않는다는 것이 아닙니다. 다만 자신의 전문 영역이 생기게 되면서 이전처럼 글과 그림이 함께 섞여 작업할 필요가 없어지게 된 것입니다.

문학이 미술에 머물던 시대.

우리는 그 시기를 근대라고 불렀습니다. 개화기 초기부터 해방 이전까지의 시기를 설정하고 살펴봤습니다. 물론 이 책 한 권에 들어가지 않는 더 많은 이야기가 있습니다. 아쉬운 부분은 다음을 기약해야겠습니다. 어쩌면 오늘까지의 시기를 설정하고 문학과 미술의 교류 양상을 살펴볼 수 있는 날이 올 수도 있지 않을까요?

에필로그

　여기까지 오시느라 수고하셨습니다. 처음 시작할 때의 그 욕심대로 잘 걸어왔는지는 모르겠지만, 뭔가의 이야기를 쏟아낸 것 같아 홀가분함을 느낍니다.

　세상에 문학을 공부하는 사람은 많습니다. 미술을 공부하는 사람 역시 많습니다. 그런데 문학과 미술을 함께 공부하는 저는 늘 외딴섬에 놓여 있는 느낌이었습니다. 이 글을 고민할 때도 문학 파트에 넣어야 하나, 미술 파트에 넣어야 하나가 가장 먼저 떠오른 질문이었습니다. 저는 무엇을 공부하는 것일까요?

　아직까지도 늘 새롭습니다. 두 가지 장르를 공부하는 방법론은 여럿 제시되어 있습니다. 그러나 결국에는 "그래서?"라는 질문에 대한 답을 찾아가는 것 같습니다. 그러니까 문학과 미술을 같이 연결하는 것은 좋지만, 그래서 "결론이 무엇인데?"에 대한 답을 구하는 것입니다. 미술 작품에 영향을 받은 문학 작품을 연구하는 방법이 있을 수도 있습니다. 어떤 부분에서 어떻게 영향을 받았는지 그 영향 관계를 찾는 것이죠. 혹은 지금까지 해왔던 것처럼 문학 분야에서 활동한 화가라든지 미술 분야에서 활동한 문인들을 찾아내 그들의 상호 작용에 대한 발자취를 찾아갈 수도 있겠습니다. 기법적 부분으로 같은 사조 안에서 그림과 글이라는 표현 수단의 다름에서 오는 방식의 차이를 찾아내는 방법도 있을 것입니다. 하지만 이런 여러 방법론 사이에서 결론은 늘 어렵습니다. '문학과 미술을 함께 보는 것이 좋다 이거야, 그런데 그래서?'

처음엔 끙끙대며 그에 대한 답을 찾기 위해 노력했습니다. 뭔가 그럴듯한 결론을 내서 소논문의 "결론을 대신하며" 파트에 끼워 넣기도 했습니다. 하지만 지금은 그런 생각이 듭니다. 과연 결론을 내는 것이 가능한 것일까. 1930년대로 돌아가 그들에게 질문하면 그들은 뭐라고 답할까요?

상상합니다. 영화 〈미드나잇 인 파리〉에서처럼 1930년대 경성으로 가서 그들을 직접 만나는 상상. 그리고 왜 그렇게 같이 하려고 했는지에 대한 질문. 어떤 답이 나올까요? 논쟁을 이끌었던 그때처럼 장황하게 답해줄까요? 그게 아니라면 이렇게 이야기하지 않을까요?

재밌잖아!

후주

1) 오광수,『한국 현대미술비평사』, 미진사, 1998, pp.14~15.

2) 김윤식,「총독부 기관지『매일신보』와 준비론 사상」,『이광수와 그의 시대』1, 솔, 2001, p.551.

3) 이구열,『한국근대미술산고』, 1972, p.86.

4) 오광수,「계몽기의 미술비평」,『한국현대미술비평사』, 미진사, 1998, pp.17~18.

5) 이광수,『이광수 전집』제10권, 우신사, 1979, p.415.

6) 김윤식,『염상섭 연구』, 서울대학교 출판부, 1987, p.272.

7) 구광모,「이상과 구본웅, 나혜석의 우정과 사랑」,『신동아 논픽션』518호, 2002.11.01.

8) 최열,『한국근대미술비평사』, 열화당, 2015, p.76.

9) 김광균,「30년대의 화가와 시인들」,『계간미술』23호, 1982.

10) 김미영,『근대 한국문학과 미술의 상호작용』, 소명출판, 2012, p.215.

11) 황종연,「문장파(文章派) 문학(文學)의 정신사적(精神史的) 성격(性格)」,『동악어문논집』21, 1986, p.94.

12) 김현숙,「김용준과『문장』의 신문인화 운동」,『미술사연구』16, 2002.

13) 왕백민,『동양화구도론』, 강관식 옮김, 미진사, 2011.

14) 최동호,「정지용의 산수시와 은일의 정신」,『민족문화연구』, 1986, p.79.

근대의 심상

문학이 미술에 머물던 시대

초판 1쇄 발행 2019년 11월 11일

지은이   강정화

편집   김유정
디자인   문유진

펴낸이   김유정
펴낸곳   yeondoo
등록   2017년 5월 22일 제300-2017-69호
주소   서울시 종로구 자하문로 115-18 201호
팩스   02-6338-7580
메일   11lily@daum.net

ISBN   979-11-961-967-8-3 03800

이 도서의 국립중앙도서관 출판예정도서목록(CIP)은 서지정보유통지
원시스템 홈페이지(http://seoji.nl.go.kr)와 국가자료공동목록시스템
(http://www.nl.go.kr/kolisnet)에서 이용하실 수 있습니다.
(CIP제어번호:CIP2019037148)

본 원고는 2019년 고려대학교 박사 논문「근대 문학과 미술의 상호교
류 연구 – 문인들의 미술비평 활동과 문장지의 탄생을 중심으로」를 강
의안으로 재구성한 것입니다.